Soixante-six, Les larmes de la sirène

Du même auteur
Dans la même série
Soixante-six, *Les tours du château*,
roman jeunesse, 2009.
Soixante-six, *Le cercueil de cristal*,
roman jeunesse, 2009.

Série Arielle Queen
Arielle Queen, *La société secrète des alters*,
roman jeunesse, 2007.
Arielle Queen, *Premier voyage vers l'Helheim*, roman jeunesse, 2007.
Arielle Queen, *La riposte des elfes noirs*,
roman jeunesse, 2007.
Arielle Queen, *La nuit des reines*,
roman jeunesse, 2007.
Arielle Queen, *Bunker 55*, roman jeunesse, 2008.
Arielle Queen, *Le dix-huitième chant*,
roman jeunesse, 2008.
Arielle Queen, *Le Voyage des Huit*,
roman jeunesse, 2009.
Arielle Queen, *Le règne de la Lune noire*,
roman jeunesse, 2009.

Romans
L'Ancienne Famille, Éditions Les Six Brumes,
coll. « Nova », 2007.
Samuel de la chasse-galerie, roman jeunesse, Éditions Médiaspaul, coll. « Jeunesse-plus », 2006.

Nouvelles
Noires nouvelles, nouvelles, 2008.

Michel J. Lévesque

TOME 3 - LES LARMES DE LA SIRÈNE

Les Éditions des Intouchables bénéficient du soutien financier de la SODEC et du Programme de crédits d'impôt du gouvernement du Québec.

Nous remercions le Conseil des Arts du Canada de l'aide accordée à notre programme de publication.

Nous reconnaissons l'aide financière du gouvernement du Canada par l'entremise du Programme d'aide au développement de l'industrie de l'édition (PADIÉ) pour nos activités d'édition.

ASSOCIATION NATIONALE DES ÉDITEURS DE LIVRES   Membre de l'Association nationale des éditeurs de livres.

LES ÉDITIONS DES INTOUCHABLES
512, boul. Saint-Joseph Est, app. 1
Montréal (Québec)
H2J 1J9
Téléphone : 514-526-0770
Télécopieur : 514-529-7780
www.lesintouchables.com

DISTRIBUTION : PROLOGUE
1650, boul. Lionel-Bertrand
Boisbriand (Québec)
J7H 1N7
Téléphone : 450-434-0306
Télécopieur : 450-434-2627

Impression : Transcontinental
Illustration de la couverture : Alexandre Girard
Infographie : Mathieu Giguère
Révision : Élyse-Andrée Héroux, Corinne De Vailly
Correction : Élaine Parisien

Dépôt légal : 2010
Bibliothèque et Archives nationales du Québec
Bibliothèque nationale du Canada

ISBN : 978-2-89549-408-9

Pour Maxime. Bienvenue parmi nous.
Que ta vie soit remplie de bonnes choses,
mais surtout de paix et d'amour.

« Retourner en arrière est une aventure aussi périlleuse que de s'élancer vers l'avenir. »
— Roger Fournier, extrait de
Les Sirènes du Saint-Laurent.

« Tout-puissants, ils naîtront de l'Égide. Ils sont les Sept Émissaires. Leur destin a été tracé pour eux il y a longtemps : il est écrit qu'ils doivent sauver la Femme, et la protéger jusqu'à ce qu'elle affronte le Dragon. Martis, April, Maïa, June, Julius, Agosto et Septimo, ce sont leurs noms. »
— Extrait de la prophétie 66 du système vaticinateur, prononcée par l'élément 25 de la cohorte : Mary Elizabeth Fox.

« Heureux celui qui lit et ceux qui entendent les paroles de la prophétie, et qui gardent les choses qui y sont écrites ! Car le temps est proche.
« Jean aux sept Églises qui sont en Asie : Que la grâce et la paix vous soient données de la part de celui qui est, qui était, et qui vient, et de la part des sept esprits qui sont devant son trône. »
— Apocalypse 1, versets 3, 4

PROLOGUE

PETITE SIRÈNE — DÉBUT
D'APRÈS L'ŒUVRE
DE HANS CHRISTIAN ANDERSEN

Au large, l'eau est si profonde qu'aucun navire ne peut y jeter l'ancre. Il faudrait mettre bout à bout bien des tours pour que la plus haute d'entre elles émerge à la surface. Tout en bas, dans l'abysse le plus profond, s'élève le château de Fulop, le roi de la mer. Les murs sont en corail, les fenêtres sont faites d'ambre transparent, et le toit, de coquillages dont chacun contient une perle brillante. Une seule d'entre elles parerait splendidement la couronne de n'importe quelle reine terrestre.

Le roi de la mer était veuf depuis moins d'une année. C'était un homme d'esprit, fier de sa noblesse. Ses sujets ne tarissaient pas d'éloges pour leur roi, cet homme qui aimait infiniment la petite Talia, princesse de la mer, sa fille unique. Elle était la plus jeune et la plus belle de toutes les sirènes du royaume. Comme les autres, elle n'avait pas de pieds : son corps se terminait par une queue de poisson.

Talia était une enfant silencieuse et réfléchie. Dans le jardin où elle se recueillait se dressait une statue de marbre qui représentait un charmant

11

garçon, taillé dans une pierre d'une blancheur pure. Talia avait trouvé cette statue au fond de la mer, échouée là à la suite du naufrage du navire qu'elle avait jadis orné. Ce que la jeune sirène aimait par-dessus tout, c'était d'entendre parler du monde des humains. Elle exigeait de son vieux père qu'il lui racontât tout ce qu'il savait des navires et des villes, des hommes et des animaux. Mais Talia était avant tout fascinée par une chose : sur la terre, les fleurs avaient un parfum.

— Quand tu seras plus vieille, lui disait son père, tu auras la permission d'aller à la surface et de t'asseoir au clair de lune sur les rochers. Tu pourras voir passer les grands vaisseaux qui naviguent, tu verras les forêts et les villes. Et tu sentiras les odeurs, oui, plein d'odeurs !

Talia passait ses nuits à la fenêtre, scrutant la lune et les étoiles à travers l'onde. Si une masse sombre passait au-dessus d'elle et masquait le ciel, Talia devinait qu'il s'agissait d'une baleine nageant dans la mer, ou encore d'un navire rempli de marins qui ignoraient qu'une petite sirène, là, tout en bas, observait la quille de leur bateau.

Le soir, lorsque les autres sirènes plus âgées montaient vers la surface, la petite dernière restait seule et suivait ses amies des yeux ; elle aurait voulu pleurer, mais les sirènes n'ont pas de larmes.

— Hélas ! Je ne suis pas assez vieille pour les accompagner, soupirait-elle. Je sais pourtant combien j'aimerais le monde de là-haut !

Lorsqu'elle fut en âge de monter à la surface des eaux, son père la fit venir dans la salle du trône et la fit parer encore mieux que toutes les autres sirènes. Le vieux Fulop posa lui-même sur les cheveux de Talia une couronne de lys blancs dont chaque pétale était orné d'une demi-perle, et attacha sept huîtres à sa queue pour désigner sa royauté.

— C'est douloureux ! dit Talia.

— Il faut souffrir pour être belle, répondit le roi.

Talia aurait bien aimé se débarrasser de toutes ces parures, ainsi que de cette lourde couronne.

— Au revoir, mon père, dit-elle en s'élevant comme une bulle à travers les eaux.

Lorsqu'elle atteignit enfin la surface, le soleil venait de se coucher. L'air était pur et frais, et la mer était calme. Un grand navire se trouvait tout près d'elle, une seule voile tendue. Talia, entendant soudain des chants et de la musique, décida de nager jusqu'à l'un des hublots de la cabine du navire, celui qui donnait sur le salon. Chaque fois qu'une vague la soulevait, Talia pouvait voir ce qui se passait dans la pièce : des personnes portant de somptueuses toilettes y étaient réunies. Le plus beau d'entre tous était un jeune prince aux cheveux bruns, qui ne paraissait pas avoir plus de seize ou dix-sept ans. Cette fête, apparemment, était donnée pour son anniversaire.

Les heures passèrent. Il commençait à se faire tard, mais la sirène ne pouvait détacher ses yeux du beau prince. Talia flottait sur l'eau, se laissait balancer par les vagues, gardant ses yeux rivés sur le petit salon. Soudain, la mer devint houleuse. De gros nuages apparurent et des éclairs zébrèrent le ciel. Une tempête s'annonçait ! Les marins replièrent les voiles. Le grand navire tanguait sur la mer

démontée. Les vagues, comme autant de montagnes noires, déferlaient avec violence sur le grand
mât. Le navire craquait de toutes parts, les épais
cordages ployaient sous les coups. La mer attaquait
férocement. Le vent et les vagues finirent par
briser le grand mât et l'eau envahit la cale.

Ce fut alors que Talia comprit qu'il y avait
danger. Elle-même devait manœuvrer dans l'océan
pour éviter les débris de l'épave qui tourbillonnaient
dans l'eau. Elle fut plongée un instant dans le noir,
mais un éclair sillonna le ciel, ce qui lui permit de
voir les hommes sur le pont, courant dans tous les
sens, tentant de sauver leur peau. Mais ce n'était
pas les marins que Talia cherchait à retrouver ;
c'était le jeune prince. Elle finit par l'apercevoir
tout juste avant que le bateau ne fût éventré dans
un bruit fracassant. Le jeune homme passa par-
dessus bord et tomba à l'eau. Talia le vit s'enfoncer,
inconscient, dans la mer profonde.

Non ! se dit-elle, *il ne faut pas qu'il meure !* Elle
se faufila au milieu des débris, puis plongea à
l'endroit où s'était abîmé le prince. Elle parvint à
le rattraper et à le ramener à la surface. Il n'avait
plus la force de nager. Ses bras et ses jambes
étaient déjà sans vie, et ses yeux se fermaient.
Sans Talia, il serait mort.

Au matin, la tempête s'était apaisée. Il n'y avait
plus aucune trace du navire qui avait probablement
sombré, emportant tous les hommes d'équipage.
Talia avait nagé toute la nuit et apercevait enfin
devant elle la terre ferme. Elle déposa le prince sur
une plage couverte d'un sable fin. Tout près de la
plage s'élevait un large bâtiment aux murs blancs.

Les cloches se mirent à sonner dans l'édifice, et de jeunes hommes en sortirent. Talia s'éloigna rapidement à la nage et se cacha derrière un récif émergeant de l'eau. En silence, sans que personne ne la vît, elle chercha à découvrir qui s'approchait du prince. Sept jeunes hommes, ceux qui étaient sortis du grand bâtiment. Ils étaient vêtus comme des chevaliers. Dès qu'ils aperçurent le prince sur la plage, les sept jeunes hommes appelèrent à l'aide.

Le jeune homme reprit lentement conscience. Une fois éveillé, il sourit à ses nouveaux amis, mais ne vit point la princesse. Il ignorait qui l'avait sauvé. La pauvre Talia ressentit une grande tristesse lorsqu'on transporta le prince dans le grand bâtiment. Elle plongea, désespérée, pour retourner au fond de l'océan, au palais de son père, en se promettant d'en apprendre le plus possible sur le monde des hommes. Un jour, elle se le jura, elle retournerait parmi eux.

Talia n'oublia jamais son beau prince. De plus en plus, elle chérissait sa race, celle des humains, et de plus en plus elle désirait découvrir le monde où ils vivaient. Elle avait tant de questions! C'est pourquoi, un jour, elle alla trouver son père qui en savait beaucoup sur ce qu'on appelait dans les abîmes «les pays au-dessus de la mer».

— Les hommes peuvent-ils vivre toujours? demanda Talia. Meurent-ils comme nous, ici, au fond de la mer?

— Ils meurent tous, répondit son père. Leur vie est même plus courte que la tienne et la mienne. Mais leur âme est immortelle. Lorsque les sirènes cessent d'exister, elles deviennent écume sur les flots. Elles n'ont pas d'âme immortelle, comme les hommes, et ne reprennent donc jamais vie.

— Père, je donnerais n'importe quoi pour devenir un être humain.

— Ne dis pas cela, Talia, s'indigna le roi. Nous vivons beaucoup mieux et beaucoup plus heureux que les hommes des pays d'en haut.

— Alors, je mourrai et flotterai sur la mer comme l'écume ? Ne puis-je rien faire pour mériter une vie éternelle ?

— Non. À moins que tu sois aimée d'un homme, qu'il partage avec toi toutes ses pensées et t'accorde tout son amour. Mais cela n'arrivera jamais. Pour séduire un prince, il te faudrait avoir deux jambes, non une queue de poisson.

Talia se résigna pour un temps, mais très vite son esprit fut de nouveau envahi par les pays au-dessus de la mer, et elle se remit à songer à son beau prince. *Il me faut consulter Janos, mon oncle sorcier*, se dit-elle. Il lui avait toujours fait très peur... mais peut-être pourrait-il l'aider ?

CHAPITRE 1

TOUR DE SHATTAM PHARMA
TEA WALLS
JOUR 1 DE L'APOCALYPSE

Le début de cette terrible pandémie qui dévasta le monde, celle qui allait plus tard être baptisée « l'Apocalypse Shattam », correspond au jour où Nick Amboy, Ian Barstow et moi avons tenté de nous échapper de Tea Walls pour la première fois. Je me souviens parfaitement de ce jour, même si aujourd'hui je suis vieille, même si plusieurs de mes détracteurs prétendent que je suis complètement sénile. Ça s'est passé il y a exactement soixante-dix-sept ans. Le zharvirus s'est tout d'abord propagé en Californie, puis s'est répandu dans le reste des États-Unis avec une célérité incroyable. Le continent américain a été le premier à être entièrement ravagé. Puis ce fut au tour de l'Europe, de l'Afrique, de l'Asie et, enfin, de l'Océanie. En une semaine à peine, il ne restait plus rien de la civilisation telle que nous l'avions connue. Près de quatre-vingt-quinze pour cent de la population mondiale a été atteint par le virus. La plupart des gens malades n'ont pas survécu, et ceux qui n'en sont pas morts ont tous souhaité l'être, à un moment ou à un autre. Chez les survivants, on a vu apparaître deux catégories.

La première, celle des «bien portants», comprenait des êtres immunisés contre le virus, soit de façon naturelle, soit après avoir reçu l'une des rares doses du vaccin conçu par les scientifiques de Shattam Pharma. Les membres de la deuxième catégorie de survivants, les «moins bien portants», ont survécu à la pandémie, certes, mais en ont gardé d'importantes séquelles: ils ont été transformés en zombies, ou en morts vivants, si vous préférez. On les a appelés les «contaminés». Pendant un temps, ils ont fait la joie des hommes de Legions & Legionnaires et des autres milices privées, qui leur ont fait la chasse comme à du gros gibier.

Voilà pour le cours d'histoire. Je poursuivrai dans un prochain volume et vous parlerai des bien portants, qui se sont finalement divisés en deux clans: les partisans de la maison Shattam, et ceux de la maison Centuri. Nous aborderons aussi la question des Sept Émissaires, qui en intéresse plus d'un.

Mais pour l'instant, revenons à notre récit principal, celui qui retrace «mon» histoire. En ce temps-là, j'avais dix-sept ans. Ou plutôt dix-huit. Le nom qu'on me donnait à l'époque était Alexia Lincoln. Des noms, on m'en a donné d'autres par la suite. Au moment où nous avons quitté l'aventure, je venais tout juste d'apprendre que Jack Soho, l'homme que Nick, Ian et moi devions rencontrer dans la tour de Shattam Pharma, était en vérité mon grand frère. C'est Jack qui m'a révélé mon vrai nom; Mary Fox, c'est ainsi qu'il m'a appelée la toute première fois où nous nous sommes rencontrés, quelques instants à peine avant l'arrivée des kereboss.

Pour leur échapper, Jack, Ian, Nick et moi nous sommes alors réfugiés dans une petite pièce qui ressemblait à un poste de surveillance, remplie d'écrans et de consoles d'ordinateurs, ainsi que de plusieurs armes à feu de toutes sortes. C'est dans cette salle qu'Amboy a déniché le lecteur optique qui allait enfin nous permettre de découvrir la véritable identité des garçons. Lequel, de Nick ou de Ian, était mon sauveur? Selon Fletcher Christian, si l'un était Edmond Dowty le sauveur, l'autre était forcément Lancaster Bell le tueur.

Mon regard était fixé sur Nick Amboy. Après avoir relevé la manche de son chandail, il a passé sans hésiter l'étrange lecteur au-dessus de son tatouage.

— Numéro trente-sept, monsieur Amboy, unité T.O.G., a alors annoncé une voix électronique provenant de l'ordinateur. Projet Limia 2, section CH-854, mémento de sécurité DE5832174. Identification approuvée: Dowty, Edmond, premier-maître, a conclu la voix avant de se taire.

Amboy a relevé la tête et a fixé son regard au mien. Nicolas Amboy était donc Edmond Dowty, le jeune militaire appartenant à la Royal Navy dont la mission était de me secourir. Si Amboy était Dowty, alors ça signifiait que Ian Barstow était Lancaster Bell, celui qui avait assassiné ma vraie mère, une femme que je n'avais pas connue, ou peut-être simplement oubliée.

J'ai cessé de fixer Nick-Edmond et me suis tournée vers Ian, qui avait réussi à s'éloigner de Jack et à attraper un des pistolets automatiques qui se trouvaient au mur. Quand mes yeux ont croisé ceux de Ian, j'ai immédiatement réalisé que le canon de son arme était orienté dans ma direction. Ian s'est alors adressé à moi d'une voix monocorde :

— Nous ne devons pas nous échapper de Tea Walls.

Ce n'était plus le Ian Barstow que j'avais connu. Quelqu'un ou quelque chose l'avait remplacé. Ses yeux étaient comme deux billes noires, et il semblait désormais agir de façon machinale, comme un robot. Les paroles qu'il venait de prononcer, il les avait apprises par cœur, ou peut-être l'avait-on obligé à les mémoriser. Il a ajouté, de façon tout aussi détachée :

— Il est temps de corriger cette erreur, comme l'exige le protocole AB45.

Jack Soho s'est lentement approché de moi. Il tenait une arme à la main, et elle était pointée sur Ian.

— Lâche ton flingue, gamin ! dit Jack. Je viens de retrouver ma sœur, et crois-moi, j'en ai bavé un coup pour y arriver. Pas question que je te laisse la descendre !

Ian n'a pas bronché. Je me suis alors souvenue de ce que F. Christian m'avait écrit au sujet de Lancaster Bell : «Si Bell retrouve la mémoire, il s'en prendra aussi à vous. Soyez vigilante.» Ma question était celle-ci, cependant : Ian avait-il réellement retrouvé la mémoire ? Était-il redevenu Lancaster Bell ?

Je ne voyais pas d'autre solution que de m'adresser à lui en espérant qu'il abaisse son arme et que nous puissions éviter une effusion de sang.

— Ian, attends ! Ne fais rien que tu pourrais regretter.

Sa réaction n'a pas été celle que j'espérais : toujours sans manifester la moindre émotion, il a orienté son pistolet automatique vers Amboy et a fait feu. Nick a reçu le projectile en pleine poitrine et s'est écroulé par terre, inconscient, peut-être mort. Je ne l'ai pas su. Pas à ce moment-là, du moins.

Jack a tiré à son tour. Trois fois. Il a touché mon petit ami à l'épaule, puis au bras et à la hanche. Ian a immédiatement lâché son arme. Bien qu'en perte d'équilibre, il est tout de même parvenu à rester debout. Il ne semblait pas comprendre ce qui venait de lui arriver.

— Mais… Mais qu'est-ce que…

Il s'était brusquement éveillé. Le vrai Ian, j'entends. Il était de retour, comme si les coups de feu ou peut-être ses blessures l'avaient sorti de son état hypnotique. Redevenu lui-même, il m'a lancé un dernier regard où se mélangeaient panique et incompréhension avant de s'effondrer sur le sol, comme Amboy avant lui.

BANG ! BANG ! BANG !

Les kereboss et le grand type chauve dans l'autre pièce continuaient de marteler la porte.

— Ouvrez ! a ordonné une voix étouffée, probablement celle du grand type. Ouvrez ou nous serons forcés d'employer des méthodes radicales !

— Allez, amène-toi, le radical ! a grogné Jack Soho en s'avançant vers l'arsenal qui tapissait le mur.

Il a choisi une grosse mitrailleuse pour lui et a armé un pistolet-mitrailleur pour moi.

— Ton fusil est chargé et armé, m'a-t-il expliqué tout en me le passant.

— Jack...

— Tu n'as qu'à viser et à appuyer sur la détente, comme je te l'ai montré autrefois.

J'étais loin d'être convaincue de pouvoir y arriver.

— Non, attends, je ne me souviens pas...

Il m'a fait un clin d'œil, accompagné d'un sourire complice :

— T'en fais pas, Mary, ça va revenir, a-t-il dit pour me rassurer. *Si vis pacem, para bellum* : Si tu veux la paix, prépare-toi à la guerre ! Avec ce truc, ajouta-t-il en désignant sa lourde mitrailleuse, je vais en faire du hachis Parmentier de ces mecs ! Tu me couvres au cas où, d'accord, sœurette ?

J'ai acquiescé, sans grande conviction. Les paroles de la chanson de Chuck Berry me sont alors revenues en mémoire, bien que j'ignore encore pourquoi :

> *Well if you ever plan to motor west,*
> *Just take my way, that's the highway that's the best,*
> *Get your kicks on Route 66 !*

J'ai ensuite ressenti une douleur soudaine au poignet gauche, celui qui portait la montre-bracelet. Quelque chose venait de me piquer. *La morsure du sommeil !* ai-je réalisé alors. *Pourquoi maintenant ? Il n'est pourtant pas encore minuit !* Il était en effet beaucoup trop tôt pour recevoir mon injection soporifique, celle qui allait me plonger dans le sommeil artificiel dans lequel sombraient chaque nuit les adolescents de Tea Walls — ou Treble Walls, je ne savais plus. Il était certainement possible de contrôler ces montres-bracelets à distance; quelqu'un, quelque part, avait dû actionner le dard.

— Jack, je... je vais m'endormir...

Ce n'était vraiment pas le moment, et le regard de Jack a suffi à me le confirmer!

— Attends, Mary, non!

Mais il était déjà trop tard : je sentais mes doigts qui se détendaient lentement. Je relâchais ma prise sur la crosse du pistolet-mitrailleur. Il allait glisser de mes mains lorsque ma poigne se fit soudain plus solide, à ma grande surprise. J'étais à moitié évanouie, mais je tenais tout de même l'arme fermement entre mes mains. C'était plus fort que moi, plus puissant que ma propre volonté. C'était comme si mes membres ne m'obéissaient plus. J'ai levé le bras pour ensuite diriger l'arme vers Jack. Tout en pointant mon « frère » avec le pistolet-mitrailleur, je me suis entendue lui dire :

— Nous ne devons pas nous échapper de Tea Walls.

Ce n'était pas moi qui avais parlé. C'était bien ma voix, certes, mais pas mes mots. On avait programmé ces paroles en moi, et quelqu'un ou quelque chose m'obligeait à les prononcer précisément à ce moment.

— Il est temps de corriger cette erreur, ai-je ajouté à contrecœur, comme l'exige le protocole AB45.

Je me souviens d'avoir appuyé sur la détente, bien malgré moi, et d'avoir fait feu en direction de Jack. C'était une fraction de seconde avant que tombe le rideau. J'ai fermé les yeux et me suis laissé gagner par le sommeil, un sommeil profond contre lequel il m'était impossible de lutter.

CHAPITRE 2

Hastings Horizon, Californie
Époque : le passé, 66 jours
avant le début de l'Apocalypse

Le soir de la rencontre, Jack Soho et ses hommes assuraient la sécurité de leur patron, Timor Trigona. Ce dernier avait donné rendez-vous à ses anciens associés, Anthony Caesar et William Shattam, afin de «discuter de choses importantes», avait-il dit sans ajouter plus de détails. Bien qu'il connût ces hommes, Timor ne leur faisait pas confiance, c'est pourquoi il avait demandé à Jack d'ouvrir l'œil et de se préparer à toute éventualité. Il s'agissait d'anciens truands, comme lui, mais ceux-ci avaient abandonné la vie de gangster depuis quelques années pour s'investir dans des entreprises dites «légales».

— Ils ne sont pas aussi vicieux que moi, avait dit Timor à Jack avant la rencontre, mais ils sont suffisamment tordus et ambitieux pour nous surprendre, alors reste aux aguets !

Anthony Caesar avait laissé derrière lui ses années de tueur professionnel pour fonder avec son frère Marcus une société militaire privée qu'ils avaient baptisée Legions & Legionnaires. Au début, L & L n'embauchait que quelques mercenaires, tous d'anciennes connaissances ou collègues d'Anthony et de Marcus Caesar, mais la société s'était considérablement développée au fil des années : elle employait maintenant des centaines de milliers d'hommes, répartis sur toute la planète. Joana et Johnny Caesar, les enfants de Marcus et neveux d'Anthony, s'étaient joints à l'entreprise familiale quelques années plus tôt. C'était d'ailleurs Johnny Caesar et ses mercenaires de L & L qui étaient responsables de la sécurité d'Anthony ce soir-là. Quant à William Shattam, il avait quitté le monde criminel pour celui des affaires. En peu de temps, il avait réussi à se tailler une place enviable dans l'industrie pharmaceutique, surtout grâce au zèle de ses fils, Leonard et Zachary. Ces derniers accompagnaient leur père à la rencontre, mais contrairement à Johnny Caesar, qui servait de garde du corps à son oncle, les fils Shattam ne veillaient pas à la sécurité de leur père. Celle-ci était assurée par un seul homme : un grand type chauve aux traits durs, du nom de Rawicz. Cela n'inspirait pas confiance à Jack. *Si cet homme est seul*, se dit-il en le voyant, *alors ça signifie qu'il est très efficace.*

La rencontre devait avoir lieu dans un édifice abandonné de Hastings Horizon. Trigona et ses hommes furent les premiers sur place. Ils accueillirent à tour de rôle les membres du clan Caesar, puis ceux du clan Shattam. Poignées de main brèves et salutations timides s'ensuivirent. Jack n'aimait pas ça : il y avait de la nervosité dans l'air. Cette réunion d'anciens partenaires n'avait rien d'amical. Heureusement, le ton demeurait calme et personne n'avait encore tiré un coup de feu. En tant que «responsable de la sécurité» pour le clan Trigona, Jack se devait de porter une arme: sous son veston, il cachait un pistolet semi-automatique de calibre 9 mm. À la fois puissant et discret, ce genre de pistolet était utilisé par la plupart des tueurs professionnels. Sans doute que Rawicz, le gorille de la famille Shattam, en était lui aussi équipé. Quant aux mercenaires de L & L, Jack les soupçonnait de camoufler un plus gros attirail sous leur long manteau de feutre: il les imaginait très bien armés de pistolets-mitrailleurs de type Uzi. *Malgré tout, ça devrait aller*, tenta de se convaincre Jack après avoir évalué la nervosité de chacun. *Mais à condition que tout le monde garde son calme.*

Jack ignorait quelle était la raison réelle de cette rencontre; Trigona avait refusé d'aborder le sujet avec lui. Il était plutôt rare que Timor cache quelque chose à Jack, mais cela arrivait parfois, habituellement pour des raisons de sécurité ou de *business*, c'est pourquoi le jeune truand n'en fit pas de cas. Son patron et lui discuteraient certainement de cette affaire plus tard, lorsque tout serait conclu — en supposant qu'il s'agisse bien « d'affaires à conclure », comme c'était le cas la plupart du temps.

— On peut parler? demanda Trigona.

— On peut parler, confirma William Shattam d'un ton sec. Mais sans les hommes.

Shattam montra l'exemple et ordonna à ses deux fils ainsi qu'à Rawicz de sortir. Trigona et Anthony Caesar acquiescèrent à l'initiative de Shattam, puis imitèrent ce dernier: ils lancèrent un

regard en direction de leurs hommes qui s'empressèrent de quitter le bâtiment, à l'exception de Jack
qui attendit de recevoir un ordre officiel de son
patron avant de faire le moindre pas en direction
de la sortie.

— T'inquiète pas, mon gars, le rassura Timor,
ça va aller. Va prendre l'air avec les autres, tu le
mérites bien, conclut-il en lui adressant un clin
d'œil.

Pour Jack, la signification de ce clin d'œil était
claire : « Va prendre l'air avec les autres », avait
déclaré son patron, mais ce qu'il voulait réellement
dire c'était : « Sors d'ici et profites-en pour régler
son compte à ce faux-cul de Leo Shattam ! » Timor
était au courant que Joana Caesar, la jeune épouse
de Jack, avait quitté ce dernier pour s'encanailler
avec les frères Shattam. Depuis quelques mois, on
disait que Joana sortait avec Leonard, l'aîné de la
bande.

— Tu as raison, patron, lui répondit Jack. Je
vais sortir, ça va me détendre un peu.

— Fais attention à Rawicz, ajouta William
Shattam, comme s'il avait deviné les intentions
de Jack vis-à-vis de son fils. Il n'aime pas qu'on
s'en prenne aux membres de ma famille.

Jack lui sourit, puis rétorqua :

— Il est bien dressé, j'en prends bonne note !

Une fois à l'extérieur, Jack ne perdit pas de
temps et se dirigea droit sur Leonard Shattam. Dès
qu'ils comprirent ce que Jack avait en tête, Zachary
Shattam et Rawicz s'interposèrent entre les deux.

— Laissez-le-moi ! s'exclama Leonard derrière
les deux hommes, qui souhaitait lui aussi se mesurer

à Jack. Tu m'as fait perdre des tonnes de fric avec cette histoire de tableau, Jack! Sans parler de ma crédibilité qui en a pris un sacré coup! Tu as menacé de me dénoncer, espèce de sale mouchard de merde, tu te rends compte?! Je devrais te tuer pour ça! Et tous les gars qui sont ici devraient m'y aider, y compris tes propres hommes! N'est-ce pas ce qu'on doit faire selon le code des truands!? fit-il à l'intention des hommes de Soho. Je croyais que chez vous, on se débarrassait des indics! Eh bien, désolé de vous l'apprendre, mais il y a bien une salope de balance dans vos rangs!

— Je vais t'arracher la langue, Shattam, et je vais te la faire bouffer!

Le rire de Johnny Caesar résonna non loin de là.

— Ils se battent pour ma sœur, ces deux imbéciles! ricana-t-il.

Puis, s'adressant à Jack, il ajouta:

— Joana t'a largué, mon vieux, faut te faire à l'idée!

— Ouais, c'est ça! renchérit Leonard en tentant de contourner Rawicz pour atteindre Jack. Elle t'a plaqué, Soho! Pourquoi ne l'acceptes-tu pas, hein? Le jour de vos noces, elle pensait à moi, Jack! Mais pas autant que pendant la nuit qui a suivi! Ha! ha!

— Je vais te tuer, sale pourriture! rugit Jack qui parvint facilement à écarter Zachary Shattam de son chemin.

Il n'eut pas autant de facilité à repousser Rawicz cependant. Les deux hommes se retrouvèrent face à face, se jaugeant l'un l'autre. Qui était le plus fort, le plus agile, le plus malin? Leonard Shattam continuait de s'agiter derrière Rawicz, mais soudainement, ce n'était plus à lui que Jack voulait s'en prendre. C'était plutôt à ce Rawicz qui osait se mettre en travers de sa route, et tout le monde savait qu'on ne se mettait jamais en travers de la route de Jack Soho : ceux qui se risquaient à ce petit jeu le regrettaient amèrement, et Jack comptait bien s'assurer que ce serait le cas encore cette fois-ci.

— Montre-moi ce que tu sais faire, Soho, lança Rawicz. J'ai envie de savoir si t'es aussi coriace qu'on le dit !

— Je le suis encore plus que ça, rétorqua Jack.

Il s'apprêtait à bondir sur Rawicz avec la ferme intention de lui mettre la mâchoire en bouillie lorsqu'il fut interpellé par l'un de ses hommes.

— Jack ! cria ce dernier. Jack, il y a quelqu'un qui veut te voir !

— C'est pas le moment, Bugsy ! cria Jack, les poings serrés.

— C'est une fille, ajouta le dénommé Bugsy. Et elle est drôlement mignonne. Elle dit que c'est important ! Que tu dois venir tout de suite ! J'ai vérifié : elle est réglo. Ce n'est pas une pute et elle n'a pas d'arme sur elle !

Rawicz se mit à rire, aussitôt imité par Leonard Shattam.

— Alors, Jack, ricana Leonard, tu vas te défiler, comme toujours ?

Jack observa tour à tour Rawicz et Leonard Shattam.

— Me défiler ? répéta-t-il en relevant un sourcil. Pas question !

La main de Jack disparut alors sous son veston. Il porta la main à son holster, saisit son 9 mm par le canon et asséna un violent coup de crosse au visage de Rawicz qui, complètement sonné, recula de plusieurs mètres sans comprendre ce qui venait de lui arriver. Débarrassé pour un moment du colosse, Jack s'avança ensuite vers Leo Shattam pour lui administrer le même traitement, mais ce dernier recula tout en levant les bras pour protéger son visage.

— Toujours aussi brave, à ce que je vois, dit Jack avant de ranger son arme.

— Tu as triché, Soho! s'indigna Shattam.

— Évidemment que j'ai triché, répondit Jack en riant. Je suis un truand, Leo, tu ne l'avais pas encore compris? Tu crois que j'ai fait ma marque dans ce milieu en respectant les lois? Quel naïf tu fais, mon pauvre vieux!

Rawicz, toujours groggy, revint vers Jack et tenta de se porter à l'assaut, mais le jeune gangster ne lui en laissa pas le temps: il lui flanqua un solide coup de pied entre les deux jambes. Cette fois, la douleur obligea Rawicz à se plier en deux. En perte d'équilibre, il tomba sur les genoux, puis roula sur le sol en position fœtale tout en se tenant l'entre-jambe.

— Alors, tu t'amènes, Leo? fit Jack en levant les poings à la façon d'un boxeur. Maintenant que ton chien de garde est occupé à se lécher les roubignoles, on peut s'affronter d'homme à homme, qu'en dis-tu?

Zachary Shattam retint son frère par le bras et l'entraîna vers le bâtiment où avait lieu la rencontre des chefs.

— Laisse tomber, Leo, dit Zachary à son frère. Ce jeune salaud est complètement cinglé. Il ne se battra pas à la loyale. Il peut aussi bien te tirer une balle entre les deux yeux !

Jack pouffa de rire.

— C'est vous qui me parlez de loyauté ? Ha ! ha ! Elle est bonne, celle-là !

— Et qui te dit que je ne peux pas lui faire la même chose, hein ? ! le nargua Leonard Shattam en tentant d'échapper à la prise de son frère. Je pourrais très bien lui tirer une balle en pleine poire, moi aussi !

Jack voyait bien que Leonard ménageait ses efforts. L'aîné des frères Shattam était une grande gueule, mais n'avait pas le quart du courage qu'il prétendait avoir. Il s'était ramolli avec les années. De truand, il était passé à homme d'affaires en complet-veston, ce qui avait passablement atténué cette rudesse sauvage propre à tous les gangsters de rue.

— La femme dit qu'elle n'a pas beaucoup de temps ! insista Bugsy derrière Jack. Tu dois venir, mon vieux !

Jack fixa Leonard Shattam avec mépris, avant de cracher par terre et de se retourner. D'un pas lent, il se dirigea vers son homme de main.

— Reviens ici, Soho ! s'écria Leonard. Sale lâche ! Reviens ici que je te règle ton compte !

— Une autre fois, Leo, répondit Jack sans se retourner. Tu as manqué ta chance aujourd'hui. Passe le bonjour à Joana pour moi, veux-tu ?

— Ce n'est pas fini, Jack ! le menaça Shattam. On se reverra ! Et ce jour-là, tu regretteras de t'être frotté à moi, sale mouchard !

Jack s'immobilisa à la hauteur de Bugsy.

— Elle t'attend dans cette voiture, l'informa ce dernier en désignant un petit coupé sport stationné dans la rue. Elle n'a aucune objection à ce que tu gardes ton arme.

Jack ne dit rien. Il s'avança vers la voiture au volant de laquelle était installée la femme, et ouvrit la portière du côté passager. Une fois qu'il se trouva dans la voiture et que la portière fut refermée, Jack se tourna vers la jeune femme. Elle était belle, Bugsy n'avait pas menti. La trentaine, blonde, elle avait la peau laiteuse et les traits fins. Elle portait un imperméable d'homme, de couleur beige, trop grand pour elle. Probablement celui de son petit copain.

Jack et la jeune femme s'évaluèrent l'un l'autre pendant un bref moment, puis elle brisa le silence.

— Vous êtes bien John Sherwood?

— Appelle-moi Jack.

La femme acquiesça, mais avec hésitation. Elle semblait troublée, nerveuse. Ce n'était pas habituel pour elle de s'entretenir avec des criminels, Jack le vit tout de suite à son attitude. Les citoyens ordinaires, sans passé criminel, sont toujours anxieux lorsqu'ils se trouvent face à des malfrats. Comme si ces derniers étaient des bêtes incontrôlables, des animaux sauvages, sans âme ni conscience, sujets aux accès de colère et capables de vous tuer sur un coup de tête, comme on en voyait trop souvent dans les films. *Nous ne sommes pas des psychopathes*, avait chaque fois envie de leur dire Jack, *mais des gangsters. On ne tue pas pour le plaisir, mais pour le* business. *La plupart du temps, du moins.*

— Très bien... Jack, continua la femme. Mon nom... Mon nom est Zofia.

Chaque phrase qu'elle prononçait lui demandait visiblement des efforts considérables. Elle devait prendre son courage à deux mains pour continuer, ce qui impatienta Jack. Le jeune homme poussa un soupir avant de lui dire :

— Je suis un homme occupé, ma chérie. Alors, qu'est-ce que tu me veux ?

— Oui, bien sûr, pardonnez-moi... Je, euh...

— Pour commencer, qui t'a dit que je me trouvais ici ?

La femme sourit maladroitement, puis répondit :

— Je savais que votre parton devait rencontrer le mien ce soir.

— Tu travailles pour les Shattam ?

Zofia fit oui de la tête.

— Tout comme ma sœur. Mais... elle est morte. Enfin, ce que je veux dire, c'est qu'elle va bientôt mourir.

Jack ne savait pas où elle voulait en venir.

— Ta sœur va mourir ? fit-il, perplexe. Je suis désolé, vraiment, mais en quoi ça me concerne ?

— Ma sœur va mourir en essayant de sauver la vôtre.

— Evelyn ? Evelyn est en danger ?

— Non, pas Evelyn, le corrigea la femme. Mary.

— Quoi ?

Zofia démontrait soudain une plus grande assurance.

— Votre sœur est toujours vivante, Jack.

Jack agrippa la femme par le revers de son imperméable et l'attira brutalement à lui.

— Je te conseille d'être prudente, ma chérie, parce que je ne...

— C'est la vérité, Jack ! Vous devez me croire !

La jeune femme était suffisamment confiante à présent pour interrompre Soho. Peut-être en était-elle arrivée à la conclusion qu'elle n'avait plus rien à perdre ?

CHAPITRE 3

TOUR DE SHATTAM PHARMA
TEA WALLS
JOUR 1 DE L'APOCALYPSE

Dans mon état d'inconscience, j'ai été emportée par un rêve étrange qui mettait en scène nuls autres que Dieu et Satan. Au début du rêve, Satan offrait une cigarette à Dieu qui l'acceptait sans la moindre gêne.

— Après tout, ce n'est nocif que pour ces pauvres éphémères ! a-t-il déclaré en s'esclaffant.

De la sueur perlait sur leur front basané. Ils étaient installés côte à côte, sur un vieux banc en bois qui longeait la façade crasseuse d'une station-service en état de décrépitude avancée ; il n'y avait aucun doute que le bâtiment était abandonné depuis plusieurs années déjà. La solitude du désert les entourait ; une mer de sable recouvrait les pays du Nord et du Sud, ainsi que ceux de l'Est et de l'Ouest. La plainte mélancolique d'un harmonica résonnait au loin, exactement comme dans les vieux westerns spaghettis.

— Vous croyez au destin ? a demandé Satan en sortant un briquet de sa poche.

Il a fait sauter le capuchon et a fait naître une flamme d'un rouge sang.

— Toujours cette même question, a répondu Dieu en se penchant au-dessus du briquet.

Le vent s'est levé, et le vieil homme a dû mettre ses mains en coupe autour de la flamme afin qu'elle ne perde rien de sa vigueur.

— Tout ce que je peux dire là-dessus, a poursuivi Dieu, c'est que si le destin existe, ce n'est pas moi qui l'ai inventé.

L'extrémité de la cigarette s'est alors embrasée et Dieu a aussitôt tiré une longue bouffée.

— Il est donc possible pour l'homme de modifier sa destinée ? lui a demandé Satan.

Dieu a haussé les épaules.

— Qui sait ? a-t-il soupiré en exhalant un nuage de fumée en forme de point d'interrogation.

— Que prévoyait le plan originel ? Y était-il dit que l'homme pourrait un jour choisir son propre chemin ?

Dieu a tourné la tête vers son compagnon. Il semblait à la fois surpris et amusé.

— De quoi parles-tu ? Quel plan originel ?

— Vous aviez bien un plan lorsque vous avez créé tout ceci, n'est-ce pas ?

Dieu n'a pu s'empêcher d'éclater de rire.

— Il n'y a jamais eu de plan, mon jeune ami !

Satan est demeuré interdit. Dieu a détourné le regard, puis s'est épongé le front avec son mouchoir.

— Vous êtes sérieux ?

— Pourquoi mentirais-je ? a fait Dieu, l'air moqueur. C'est à toi, Satan, que j'ai confié la tâche de berner les gens, non ?

— Mais enfin...

— Comme le disent les Chinois, il n'y a qu'une seule constante dans tout l'univers et c'est la mort. Même moi, je mourrai un jour, après le millenium et le jugement dernier. La race humaine n'y échappera pas elle non plus, mais avant, elle connaîtra… l'Apocalypse.

— La fin du monde ? a demandé Satan.

Dieu a immédiatement secoué la tête.

— Non, il s'agit de découverte, mon cher ami, et cela a déjà commencé. Apocalypse signifie « enlèvement du voile ». Grâce à leurs prophètes, les humains découvriront bientôt ce que cache en vérité leur passé, leur présent et leur futur. C'est d'ailleurs à l'un d'entre eux que j'ai demandé d'en être le témoin : « Écris donc ce que tu as vu, ce qui est, et ce qui doit arriver ensuite. » Apocalypse, chapitre un, verset dix-neuf.

— Et qu'en est-il des sept lettres, des sept sceaux, des sept trompettes et des sept fléaux ?

— Une seule de ces révélations renferme toutes les autres : les sept visions de la Femme et de son combat avec le Dragon.

— Le Dragon ?

— Il est l'un des Quatre Cavaliers de l'Apocalypse, a révélé Dieu, avec la Bête, l'autre Bête et l'Ange exterminateur. Les hommes ont tous cru que c'était toi, Satan, et que tu les représentais tous les quatre. Mais ils ont fait erreur. Les Cavaliers sont des humains, des frères, et sont au nombre de quatre. Ils chevaucheront le cheval nommé Fléau au moment de l'Apocalypse et mèneront le monde à sa fin.

C'est alors que j'ai cessé d'être spectatrice. Je ne m'en étais pas rendu compte avant cet instant, mais j'étais présente avec eux, dans le rêve. Dieu s'est tourné vers moi et m'a parlé.

— Alexia, a-t-il dit. Alexia Lincoln.

Tout en continuant à me regarder, il a cité un passage de l'*Odyssée* d'Homère :

— « Puis vers la mer houleuse, il existe un îlot. En avant de l'Égypte ; on l'appelle Pharos. »

J'ai alors remarqué qu'à l'intérieur de sa main droite, sur sa paume, se trouvaient sept étoiles.

— Ces sept étoiles sont les anges des sept Églises, a-t-il déclaré en me fixant avec compassion. Ils sont déjà là, pour toi.

Puis Dieu a fermé les yeux, et j'ai ouvert les miens.

Ils sont déjà là, pour toi. Les sept anges.

C'est ainsi, de cette abrupte façon, que s'est terminé le rêve. J'ai ouvert les yeux au moment même où une femme ressemblant à une infirmière déposait un plateau de nourriture sur le lit. C'est l'odeur de la nourriture qui m'a réveillée.

— Mon nom est Zofia, m'a dit la femme. Comment allez-vous ce matin ?

J'ai hésité :

— Bien. Enfin... je crois.

— Vous avez dormi pendant plus de douze heures, m'a révélé l'infirmière.

J'ai examiné le contenu du plateau : il y avait du pain de blé entier, du fromage et des fruits frais.

— Les fruits proviennent de la réserve personnelle des Shattam, m'a dit l'infirmière.

J'ai pris un fruit et j'ai croqué dedans avec appétit. Il était frais et juteux.

— Une étoile de tendresse, m'a expliqué l'infirmière. Il est difficile de s'en procurer ; on n'en retrouve qu'à Moscou.

Ces sept étoiles sont les anges des sept Églises.

J'ai jeté un coup d'œil autour de moi tout en continuant de mordre dans l'étoile de tendresse. La chambre était vaste et décorée de luxueuse façon. D'immenses fenêtres laissaient passer les rayons chauds du soleil. Ces derniers convergeaient tous vers un coin de la pièce où se trouvait une baignoire.

— Où sont les autres ?

Zofia parut intriguée.

— Les autres ?

— Ian et Amboy ? Et Jack Soho ?

Zofia a soupiré :

— Ce n'est pas simple. Zachary Shattam saura trouver les mots pour vous expliquer. Mais hâtons-nous de faire votre toilette. Le capitaine Idaho sera bientôt là. Il doit vous emmener voir Zachary Shattam.

Un homme était posté de chaque côté de la porte d'entrée.

— Faire ma toilette ? Devant eux ?

— Ne vous inquiétez pas, dit l'infirmière. Ils vont sortir.

Zofia s'est alors tournée vers les hommes, qui ont acquiescé à sa demande muette, puis sont sortis de la chambre.

— Ce sont des kereboss ? ai-je demandé.

— Des agents NAD, a précisé l'infirmière. Ils sont à peine plus amicaux que les kereboss.

J'ai mangé, pris un bain, puis mangé encore. Zofia m'a ensuite demandé de choisir une robe

41

parmi celles qu'elle avait apportées. Mon choix s'est porté sur la plus simple du lot : une robe longue de couleur blanche. Le tissu ressemblait à de la soie. Zofia m'a enjointe de me retourner et a commencé à me brosser les cheveux.

— C'est un honneur pour moi de vous côtoyer.

— Un honneur ?

— Je fais bien des jalouses parmi les employés de Shattam Pharma, vous savez.

— Pourquoi donc ?

Zofia a laissé échapper un petit rire.

— Ce n'est pas à moi de vous l'expliquer.

Il y a eu un petit grésillement électrique et la voix d'un homme s'est fait entendre.

— Le capitaine Idaho est arrivé, a-t-elle annoncé.

Aidée de Zofia, je me suis hâtée de revêtir la robe.

— Vous êtes superbe, m'a dit l'infirmière en me faisant tourner sur moi-même.

Le capitaine Idaho a fait son entrée. Il portait un uniforme de kereboss, mais sans le casque à visière. C'était un homme grand et beau, mais aux traits figés. D'un signe, le kereboss m'a invitée à le suivre à l'extérieur de la chambre. J'ai hésité avant d'accepter son invitation, puis j'ai maladroitement fait quelques pas en direction de la porte.

Il nous a fallu traverser plusieurs couloirs et pavillons avant de parvenir enfin au bureau de Zachary Shattam. Les deux agents NAD que j'avais vus dans la chambre nous ont servi d'escorte jusque-là.

— Mon ami, Nick Amboy, a été blessé, ai-je dit alors au capitaine Idaho. Est-il toujours vivant ?

— Il l'est, a-t-il simplement répondu.

J'ai alors éprouvé un immense soulagement.

— Croyez-vous qu'il me sera possible de le voir aujourd'hui?

— Ça ne dépend pas de moi.

Le portail s'est ouvert lentement. J'ai jeté un dernier coup d'œil en direction d'Idaho avant de pénétrer seule dans le bureau de Zachary Shattam.

La pièce était vaste, plus longue que large. D'énormes poutres longeaient chaque mur. Je sentais une certaine lourdeur peser sur mes épaules; ce nouvel environnement m'intimidait. Plus j'avançais, plus je courbais l'échine. Un magnifique bureau en acajou trônait au fond de la salle. Un homme barbu était installé derrière, dans un fauteuil. Son visage était tout aussi calme que pâle. Un petit sourire se dessinait sous les poils de sa moustache. Je me suis arrêtée à quelques pas du bureau.

— J'imagine que tu as envie de savoir pourquoi tu es ici? m'a demandé l'homme.

J'ai acquiescé, tout en gardant le silence.

— J'ai connu ton père. C'était un bon ami à moi.

Il avait bien dit «ton père»?

— Oui, j'ai bien dit «ton père», a répondu l'homme, comme s'il avait lu dans mes pensées.

Peut-il vraiment s'introduire dans mon esprit?

— Oui, et dans celui de plusieurs autres.

— Vous êtes médium?

— Je suis humain, tout comme toi.

— Parlez-moi de mes parents. De mes vrais parents. Ils sont vivants?

L'homme a secoué la tête tout en prenant un air désolé.

43

— Je regrette, ils sont morts tous les deux dans un accident d'avion, à Berlin.

Il mentait, j'en étais certaine. Je me suis mordu la lèvre, en me souvenant qu'il pouvait lire dans mes pensées. *Et alors?* me suis-je dit.

— Un accident? ai-je répondu. Laissez-moi en douter. Tout comme je doute que mon père et vous ayez pu être amis.

— Le doute est l'apanage des humains, jeune Alexia. Ou devrais-je plutôt t'appeler... Mary?

— Mary Fox? C'est mon vrai nom, n'est-ce pas?

Shattam m'a souri, mais ce sourire était ambigu: souriait-il de satisfaction ou pour masquer son mécontentement?

— Mary Fox est ton nom, mais plus pour très longtemps. Je dois te renvoyer à Tartarus.

— Tartarus?

— L'endroit que tes amis et toi appelez T-Walls. Dans cette ville, tu es Alexia Lincoln et...

Je n'ai pas pu m'empêcher de l'interrompre:

— Pourquoi me renvoyer là-bas? Je ne veux pas y retourner!

— Du calme, Soixante-six, a immédiatement répliqué Zachary Shattam, sinon je devrai demander au capitaine Idaho et à ses gardes d'intervenir.

— Ne m'appelez pas par ce numéro!

Je me suis avancée davantage vers lui, suppliante.

— Ne faites pas ça! Vous ne pouvez pas me renvoyer dans cet endroit! C'est une prison!

— Nous n'avons pas le choix, a répondu Shattam. Tu n'es pas une banale T.O.G., comme les autres de ton unité. Tu es beaucoup plus que cela. Tu es exceptionnelle, mais nous ne pouvons pas nous permettre de te révéler pourquoi.

— Arrêtez vos mystères ! Allez-vous enfin me dire qui je suis ? Et pourquoi me gardez-vous prisonnière à Tea Walls ?

Zachary Shattam a hésité un instant, puis a déclaré :

— Parce qu'ils te cherchent.

J'ai froncé les sourcils. *Me chercher ?*

— Mais qui me cherche ? ai-je demandé après un bref moment de réflexion. Ma famille ? Jack ?

Shattam a secoué la tête.

— Capitaine Idaho ! s'est-il écrié au lieu de répondre à ma question.

— Non, attendez ! me suis-je exclamée en me penchant au-dessus du bureau en acajou, vers Shattam. Vous avez dit que des gens me cherchaient. Qui me cherche ?

Idaho et ses hommes ont alors pénétré dans le bureau. Les deux agents NAD m'ont attrapée par les épaules et m'ont forcée à reculer, puis à sortir de la pièce.

— Laissez-moi ! ai-je hurlé. Laissez-moi !

— Ne résiste pas, m'a conseillé Zachary Shattam, bien à l'abri derrière son bureau, sinon ce sera encore plus douloureux. Dans quelques minutes à peine, tu seras redevenue Alexia Lincoln et tu auras tout oublié de moi et de cet endroit.

— Pourquoi, alors ? lui ai-je demandé depuis le couloir. Pourquoi m'avoir conduite ici ? Pourquoi ne pas m'avoir renvoyée directement là-bas ?

Shattam m'a offert un autre de ses petits sourires mi-figue, mi-raisin.

— Parce que je voulais te contempler de mes propres yeux, a-t-il dit de façon solennelle avant qu'Idaho ne referme définitivement la porte du bureau.

Idaho et ses hommes m'ont traînée de force dans le couloir. J'ai tenté tant bien que mal de leur résister, d'échapper à leur emprise, mais je me suis calmée rapidement. Après tout, même si j'arrivais à m'échapper, où irais-je? Je ne savais pas où je me trouvais. *Probablement quelque part dans la tour de Shattam Pharma*, ai-je conclu. D'accord, j'étais dans la tour, et alors? Je ne connaissais absolument rien de cet endroit et n'avais aucune idée de la direction à prendre en cas de fuite. Dans quelle pièce pourrais-je me réfugier? Derrière quelle porte se trouvait la sortie, le salut? J'ai donc cessé de me débattre et, docilement, je me suis laissé guider vers ma prochaine destination.

Après avoir pris un ascenseur et traversé encore quelques couloirs, on m'a conduite dans une chambre en tout point identique à celle dans laquelle je m'étais éveillée le premier soir, ce soir funeste où Sarah Goffs m'avait attaquée. Sarah avait ensuite été tuée par Nick Amboy qui s'était porté à ma défense. Cette chambre était aussi petite que la précédente et meublée de façon semblable: il y avait un lit, bien sûr, et une grande armoire dans un coin. Il y avait également une chaise et un bureau, mais pas d'ordinateur datant des années 1980, comme celui dont s'était servi Amboy pour fracasser le crâne de Sarah Goffs.

C'est grâce à un ascenseur caché dans la chambre de Sarah qu'Amboy et moi avions alors quitté cet endroit que F. Christian avait appelé, dans l'un de ses messages, « la zone de traitement ».

Eh bien, il semblait qu'on m'y avait réexpédiée, dans cette zone de traitement. C'était certainement là que je me trouvais en ce moment. Y avait-il un ascenseur dans mon armoire ? Ce serait à vérifier. Je me suis alors rappelé que notre dernier voyage, à Amboy et à moi, ne s'était pas très bien terminé.

Idaho et les gardes ont quitté la chambre et m'ont laissée seule. Je les ai entendus verrouiller la porte, puis le bruit de leurs pas m'a indiqué qu'ils s'éloignaient. Quelques secondes plus tôt, lorsque j'étais entrée dans la chambre, j'avais vite remarqué qu'elle ne contenait pas d'ordinateur, mais il m'a fallu davantage de temps pour réaliser que s'y trouvait... un miroir. Un miroir de petite taille, de forme rectangulaire, fixé au mur. On ne pouvait pas le déplacer, et il semblait trop résistant pour être brisé. Attirée par l'objet, je me suis rapprochée. Le reflet que j'ai alors aperçu dans la glace m'a pétrifiée sur place. J'étais à la fois dégoûtée et terrifiée.

— Mon Dieu ! Mon visage !

CHAPITRE 4

Jack fixa Zofia pendant un moment. Le jeune homme tentait tant bien que mal de maîtriser sa fureur. Non mais, qui était cette folle ? Et comment osait-elle lui parler de sa sœur décédée ?

— Mary est morte dans un accident d'avion, il y a dix mois ! souffla-t-il entre ses dents serrées.

— On vous a fait croire à sa mort, répliqua Zofia. Elle n'était pas dans l'avion au moment de l'écrasement. Votre mère et votre beau-père s'y trouvaient, mais pas Mary. Elle est demeurée à Berlin, à la demande de Simon Shattam.

— Foutaises ! s'écria Jack en resserrant sa prise sur le col du manteau.

— Lâchez-moi, vous me faites mal ! protesta la jeune femme.

— Qui es-tu ? Et pourquoi fais-tu ça, hein ? T'es une toxico suicidaire qui cherche un départ express pour l'autre monde ?

— Attendez, supplia la femme, laissez-moi vous expliquer !

— Je ne te ferai pas le plaisir de te descendre, pauvre cinglée !

49

— Jack ! Ce sont les Shattam qui ont kidnappé votre sœur. Ils la gardent prisonnière !

— Ridicule ! répondit Soho en libérant enfin la jeune femme.

Il la repoussa sans ménagement vers le côté conducteur.

— Dans quel but ? S'ils détenaient réellement Mary, il y a longtemps qu'ils m'auraient demandé une rançon, ou bien ils m'auraient fait chanter ! Ça leur servirait à quoi de la garder captive si longtemps sans rien dévoiler de leurs intentions ?

— Elle a un don particulier, expliqua Zofia.

La jeune femme replaça son imperméable.

— Mary avait plusieurs dons, rectifia Soho. Elle savait entre autres repérer les dingos dans ton genre !

Jack ouvrit la portière.

— Merci d'être passée, dit-il à Zofia, mais tu devrais aller te faire soigner. Y a une clinique pas loin d'ici !

— C'est une sibylle, déclara Zofia. Mary est une très puissante sibylle.

— Une quoi ?

— Elle est voyante. C'est une spirite, une extralucide.

— Extralucide ? répéta Jack, à la fois surpris et amusé. Tout le contraire de toi, pas vrai ?

La jeune femme se tourna vers le truand et le fixa d'un air grave.

— Mary peut voir l'avenir, déclara-t-elle sur un ton solennel. C'est l'unique raison pour laquelle Simon Shattam est parvenu à convaincre ses frères de l'épargner.

— Non mais, tu y crois vraiment, ma parole !

— Je ne suis pas folle, Jack, affirma la femme en regardant droit devant elle cette fois. Mon nom est Zofia Korallov. Je suis une employée de ReCOV inc., une filiale de la société Shattam Pharma, qui fait elle-même partie du holding Shattam International. Votre mère, Helen Redford, et son conjoint, Mark Fox, travaillaient eux aussi pour ReCOV. Je les ai bien connus. Quant à ma sœur, elle se nomme Irena Korallov. Elle est assignée au projet Limia 2 et travaille principalement comme agent NAD sur le site de Tartarus. C'est un endroit gardé secret. Il n'apparaît sur aucune carte et bénéficie encore de la discrétion et de la protection de plusieurs nations très puissantes. Je dis « encore », car cela risque de changer au cours des prochains mois, lorsque les gouvernements de ces pays découvriront les véritables motifs des frères Shattam, et à quoi servent réellement les profits engendrés par le projet Limia 2.

Jack se surprit à être attentif aux propos de la jeune femme. Le sérieux et la cohérence de son discours commençaient à le faire douter. Après tout, elle n'était peut-être pas aussi folle qu'il l'avait cru au départ.

— C'est là-bas que se trouve votre sœur, à Tartarus. Elle est gardée avec d'autres devins dans une salle appelée la chambre des prophètes. Les extralucides qui se trouvent là-bas sont tous reliés à un ordinateur qui regroupe et analyse leurs visions.

— Et pourquoi les Shattam ont-ils besoin de ces gens-là ?

— Pour prédire l'avenir, Jack. Que feriez-vous si vous connaissiez à l'avance les numéros gagnants de la loterie ? Les Shattam se servent de ce procédé pour prédire les fluctuations des marchés boursiers et investir leur argent de façon à obtenir le meilleur rendement. Mais ils n'ont pas vu que les chiffres de la Bourse, Jack. Les devins reliés au système vaticinateur leur ont montré une chose qui les a effrayés : leur propre déclin, ainsi que celui de l'humanité tout entière.

— Là, tu me perds, chérie !

— La fin du monde, Jack. C'est pour bientôt, et les Shattam n'ont pas l'intention de la laisser se produire. Pas de la façon dont elle est prévue, du moins. Car fin du monde il y aura bien, mais elle sera orchestrée par Leonard et Zachary Shattam. De cette façon, ils pourront eux-mêmes la prédire et s'y préparer. Avant tout le monde, dois-je préciser. Cela leur donnera un certain avantage sur les autres, vous ne trouvez pas ?

Jack secoua la tête.

— T'étais forcée de me servir cette connerie ? Je commençais à peine à gober tes salades !

— Jack...

— Et là, tu t'apprêtes à me dire que les Shattam font tout ça dans un seul but : dominer le monde, c'est bien ça ?

— Jack, si je suis ici, c'est pour votre sœur. Que vous croyiez ou non à cette histoire au sujet des Shattam et de l'Apocalypse, cela m'importe peu, à vrai dire. Mais croyez ceci : votre sœur Mary est mourante, et vous devez la sortir de Tartarus avant qu'il ne soit trop tard. On injecte en permanence une drogue aux devins, qui les soumet au processus et leur retire tout libre arbitre. Cette drogue sert également à décupler leurs visions et à les rendre plus nettes, mais elle a de fâcheuses conséquences : elle empoisonne leur sang. Les Shattam n'ont pas encore trouvé de moyen efficace pour contourner ce problème, mais ils persistent à bourrer les extralucides de cette drogue. Et comme bien d'autres devins, Mary ne supporte pas très bien ce traitement. Sa vie est en danger, Jack.

— Je te conseille de ne pas me mentir, petite, tu me comprends bien ?

Zofia acquiesça avec conviction, mais Jack n'en constata pas moins que ses menaces avaient bien peu d'effet sur la jeune femme ; il était évident que cette dernière avait des choses beaucoup plus graves en tête.

— Plusieurs extralucides sont morts pendant les dernières années, poursuivit Zofia. Ils ont succombé aux effets nocifs de cette drogue. Les devins devant toujours être au nombre de cent, ceux qui décèdent sont aussitôt remplacés par de nouvelles recrues que les frères Shattam se procurent un peu partout dans le monde. Votre sœur est l'une de leurs récentes acquisitions. Elle remplace un devin qui a réussi à s'enfuir de Tartarus.

— Il est possible de s'échapper de cet endroit ?

— Certains extralucides ont réussi à s'enfuir grâce à l'aide d'un homme mystérieux qui se fait appeler Fletcher Christian. Ma sœur et moi pensons qu'il a réussi à infiltrer l'organisation des Shattam. Peut-être même qu'il se trouve à Tartarus.

— Grâce à lui, fit Jack, des gens ont réussi à recouvrer leur liberté ?

— Liberté est un bien grand mot, répondit Zofia. Malheureusement, lorsqu'ils quittent le réseau central, les devins perdent toute mémoire. Le système vaticinateur conserve leurs souvenirs et leur personnalité. Une fois branchés au système, ils deviennent complètement dépendants de lui pour fonctionner correctement. Sans lui, ils sont comme des CD vierges. Ils existent, mais ne contiennent rien : ils sont vides. On les appelle les « sans-mémoire ». Ceux qui se sont échappés sont devenus itinérants ou ont fini dans des asiles, avant d'être rattrapés par les limiers des Shattam, puis éliminés. La plupart sont morts quelques jours seulement après leur évasion, à l'exception de sept d'entre eux qui manquent toujours à l'appel. Sept extralucides sans personnalité que Fletcher Christian a réussi à faire évader, surtout grâce à ma sœur. Une fois sortis de Tartarus, nous croyons qu'ils ont été aidés dans leur fuite par votre mère et Mark Fox. Irena est convaincue que votre mère et son conjoint cachaient les sept évadés à Berlin. Ils s'enfuyaient avec eux le jour de l'accident d'avion. Nous pensons que ce sont les Shattam qui ont ordonné la destruction de l'appareil après son envol.

— Un instant. Une chose à la fois. Comment puis-je sortir ma sœur de là ? demanda Jack.

— Irena a déjà le projet de faire évader le sujet dont elle est responsable à Tartarus. Elle propose de libérer votre sœur au même moment et...

— Je ne comprends pas, l'interrompit Jack. Tu as dit tout à l'heure que ta sœur allait mourir en essayant de sauver la mienne !

Zofia baissa la tête.

— J'ai eu accès à un rapport prophétique du système vaticinateur, dit-elle, qui prévoit que ma sœur sera tuée avant de faire évader Mary. Mais Irena l'ignore, je n'ai pas pu la prévenir avant de partir. On m'a forcée à prendre des vacances, expliqua-t-elle. Il m'a été impossible de lui parler, et d'ici, je ne peux pas la contacter.

— Ils t'ont forcée à prendre des vacances ?

— Comme les soldats dans l'armée, les employés de ReCOV obtiennent des permissions. Lorsque ça se produit, nous n'avons pas le choix, nous devons quitter les installations. Les agents NAD, comme ma sœur, travaillent directement sur le site de Tartarus. Lorsqu'ils le quittent à leur tour pour le congé annuel, on fait croire aux sujets dont ils ont la charge que leurs parents ont quitté la ville pour des voyages d'affaires ou de plaisance, des tournois sportifs, par exemple. Les sujets ont eux-mêmes droit à des moments de détente une fois par année, dans des pays d'Europe ou dans une île du Sud. Ce ne sont pas de réelles vacances, bien entendu, mais plutôt des « souvenirs » de vacances que l'on implante dans leur mémoire.

Jack ne comprenait pas tout ; il y avait beaucoup trop d'informations livrées d'un seul coup.

— Holà ! Attends une minute, ma jolie ! C'est quoi, le projet Limia, et qui sont ces « sujets » ?

— Ce serait trop long à vous expliquer, Jack, et de toute façon, ce serait inutile pour ce que vous avez à faire.

— Ce que j'ai à faire?

— Souhaitez-vous réellement m'aider à secourir Mary?

Jack hésita une seconde. Bien sûr qu'il voulait se porter au secours de sa sœur, mais avant de se lancer dans pareille aventure, il devait s'assurer que cette pauvre cinglée lui disait bien la vérité. Au début, Jack avait douté de la santé mentale de Zofia, puis s'était ravisé. Maintenant, il ne savait plus.

— Tu me jures qu'elle est encore vivante? demanda-t-il à la jeune femme.

— Elle l'est, Jack, croyez-moi.

— Si tu mens, je te retrouverai et je te tuerai!

Zofia hocha la tête.

— Je sais.

Jack la fixa un moment pour bien lui faire comprendre qu'il ne rigolait pas. Si elle osait le mener en bateau, il la traquerait sans relâche, partout dans le monde s'il le fallait, et lui ferait payer chèrement ses mensonges.

— Quand dois-tu retourner là-bas?

— Je ne sais pas, répondit Zofia, mais j'ai peur qu'il soit alors trop tard. On m'avertira douze heures avant le départ. Je devrai me rendre à l'aéroport le plus près et prendre un avion affrété spécialement par Shattam Pharma. Dans l'avion, on m'injectera un somnifère qui me fera dormir pendant tout le trajet. Le réveil n'aura lieu qu'une fois à Tartarus. De cette façon, les Shattam s'assurent qu'aucun de leurs employés ne connaît l'emplacement du site.

— Si personne ne sait à quel endroit Mary est détenue, comment suis-je censé le découvrir? Je n'ai aucun don de médium, moi! Tu crois qu'il me suffit de kidnapper Leonard Shattam et de le torturer jusqu'à ce qu'il crache le morceau ? C'est peine perdue. Il préférera se laisser mourir plutôt que de m'aider.

— C'est vous qui serez kidnappé, Jack.

— Quoi ?

Zofia prit une grande inspiration avant de continuer :

— Leonard Shattam a depuis longtemps le projet de vous faire enlever. Ce n'est pas un secret, il a peur que vous le dénonciez aux fédéraux pour cette histoire de fraude.

— Il n'a qu'à me faire descendre ! répliqua Jack.

— Il ne veut pas vous tuer, Jack. Il souhaite faire d'une pierre deux coups : vous retirer de la circulation et vous soumettre au projet Limia 1. Son frère et lui ont besoin d'un cobaye pour tester leur nouveau prototype.

— Je n'y crois pas, rétorqua Jack. Si un jour Leo Shattam a la possibilité de me tuer, il le fera. Il n'hésitera pas un seul instant, même si ça doit faire de lui un ennemi de Timor Trigona.

— En disant qu'il ne voulait pas vous tuer, je me suis trompée, se reprit Zofia : en fait, il ne *peut* pas vous tuer.

— Quoi, je suis soudain devenu immortel ?

— Non, Jack, mais sans vous, son projet ne se réalisera pas.

— Quel projet ? L'Apocalypse ?

Zofia acquiesça.

— Sans vous, pas de fin du monde. C'est ce qu'affirment les données du système vaticinateur.

— Charmant..., fit Jack. Alors, je n'ai qu'à me tirer une balle dans la tête pour empêcher le jugement dernier? Génial! Pourquoi ne pas l'avoir dit plus tôt? On se serait évité tout ce temps perdu en bavardages!

— Si vous mourez, il y aura pire, Jack.

— Pire que la fin du monde?

La jeune femme se mit à rire. Visiblement, elle était beaucoup plus calme et détendue à ce moment qu'au début de leur conversation.

— Et de toute façon, vous n'êtes pas homme à vous suicider, Jack, pas même pour le bien de l'humanité!

— Pour ça, il faudrait d'abord que je croie à toutes ces conneries que tu débites depuis tout à l'heure.

La jeune femme reprit son sérieux. À priori, tout n'était pas encore réglé.

— Leo Shattam vous fera enlever, ça, j'en suis certaine, mais je ne sais pas quand exactement. Ça peut se produire dans deux jours, deux semaines, deux mois. Le problème, c'est que Mary ne tiendra plus le coup très longtemps. Il faut donc provoquer cet enlèvement.

— Tu proposes quoi?

— Un vol de banque, répondit Zofia.

— Rien que ça...

— Il faut à tout prix éviter que ça ait l'air planifié, Jack, expliqua la jeune femme. Sinon, Leonard se doutera de quelque chose et annulera tout. Simon, le cadet des frères Shattam, se présente à la Western Bank du boulevard Scofield tous les mardis, pour régler certaines de ses affaires. Il s'y rend en fin de journée, peu avant la fermeture. C'est à ce moment que vous braquerez la banque et prendrez Simon Shattam en otage. Simon ne vous connaît pas, il ne vous a jamais vu. Appelez vous-même le 9-1-1 s'il le faut, mais arrangez-vous pour que la police se présente rapidement sur les lieux, afin que tout le monde comprenne bien que vous êtes fait, que vous ne pourrez pas vous en sortir. Prenez Simon à part et dites-lui que son frère, Leo, a une dette envers vous depuis qu'il vous a piqué votre fiancée. Dites aussi à Simon que vous n'hésiterez pas un instant à dénoncer son frère si le clan Shattam ne fait rien pour vous tirer de ce mauvais pas. Si vous n'êtes pas déjà blessé, tirez-vous une balle dans la jambe.

— Manquait plus que ça

— Je suis sérieuse, Jack. Si vous êtes blessé, les flics vous conduiront à l'hôpital. Et ce sera ensuite un jeu d'enfant pour les Shattam d'organiser votre transfert vers leur propre clinique privée, à Los Angeles. Si tout fonctionne comme je l'espère, ils vous soigneront là-bas, puis vous expédieront ensuite à Tartarus, là où se trouve Mary.

— Et une fois arrivé à votre Tartare-machin-truc, je fais quoi?

— C'est là que ça se complique, malheureusement.

— Tout est pourtant si simple depuis le début! laissa tomber Jack, ironique.

— Vous serez soumis au projet Limia 1. Limia fait référence à la rivière Lima, qui en anglais se dit « Limia ». Anciennement, les Romains croyaient que cette rivière était Léthé, l'un des cinq fleuves des Enfers, aussi appelé «le fleuve de l'oubli». La porte du Tartare s'ouvre sur ce fleuve. Lorsque les âmes des décédés quittent l'enfer pour se réincarner sur la terre, afin de vivre leur prochaine existence, ils doivent oublier leur vie antérieure. Ils boivent donc l'eau de ce fleuve, qui les rend amnésiques et les prépare à accueillir de nouveaux souvenirs.

Jack fronça les sourcils. L'envie de se montrer sarcastique lui était soudainement passée.

— Tu veux dire que ce projet Limia 1 va me faire perdre la mémoire?

— En partie, oui, répondit Zofia. Comme tous les autres sujets qui vivent à Tartarus. Tout ce que vous aurez vécu durant les derniers jours sera effacé de votre mémoire. Il se peut que vous ne gardiez aucun souvenir de moi ni même de notre conversation. À partir du moment où vous servirez de cobaye, vous serez branché en permanence au système vaticinateur. Vous expérimenterez alors des sensations étranges. Il est même possible que voyiez votre avenir. En fait, si le système fonctionne correctement, vous ferez beaucoup plus que le voir, vous le vivrez, d'une certaine façon.

— Ça promet..., fit Jack. Et qui me sortira de là? Quelqu'un doit bien me sortir de là si je dois aider Mary, non?

— Notre mystérieux Fletcher Christian s'en occupera. Il devra tout d'abord repérer votre signal dans l'ordinateur du système, mais une tâche comme celle-ci est relativement aisée pour lui. Une fois libéré du système, vous pourrez entreprendre vos recherches. Je ne serai sans doute pas très loin et pourrai vous aider.

Jack inspira profondément. Il ne savait plus s'il devait pouffer de rire ou éclater en sanglots.

— Tu sais quoi, ma jolie ? Je déteste la science-fiction. Quand j'étais môme, tous mes copains adoraient ça. Moi, je n'y pigeais jamais rien. Et c'est encore le cas aujourd'hui.

Zofia déposa doucement sa main sur l'avant-bras de Jack.

— J'aimerais bien tout comprendre moi aussi, Jack.

— Mary me manque, souffla le jeune truand. Elle nous manque à tous.

Sur ces mots, Jack sortit en silence de la voiture et laissa Zofia reprendre la route.

Le mardi suivant, John Patrick Sherwood, dit Jack Soho, cambriola la Western Bank du boulevard Scofield à Hastings Horizon, y rencontra Simon Shattam et le prit en otage. Lorsque les deux hommes se retrouvèrent seuls dans le bureau du directeur de la banque, Jack se tira une balle dans la cuisse, exactement comme le lui avait suggéré Zofia Korallov. Une fois le braquage terminé, Jack fut appréhendé par le shérif Gardner et ses hommes, puis conduit à l'hôpital de Hastings Horizon. Plus tard ce soir-là, Rawicz, l'homme de main des Shattam, réussit à faire transférer Jack à la clinique privée des Shattam. Les autorités supposèrent que Jack était parvenu à s'échapper, alors qu'en réalité il se trouvait sur une table d'opération. Des chirurgiens embauchés par Leonard et Zachary soignèrent la jambe de Jack, qui fut gardé inconscient après l'opération grâce à de puissants sédatifs, afin d'être envoyé par avion à Tartarus. Là-bas, il devint l'unique cobaye du projet Limia 1 et vécut son propre avenir sous forme de rêve. Un rêve qu'il prit pour la réalité, jusqu'à ce qu'il soit réveillé par Fletcher Christian. Peu après, Jack retrouvait sa sœur, Mary Fox, le sujet numéro soixante-six de Tartarus, qui croyait à ce moment-là se nommer... Alexia Lincoln.

CHAPITRE 5

HASTINGS HORIZON HIGH SCHOOL
JOUR 1 DE L'APOCALYPSE

— Ce midi, on sera dans le bus, mon grand, déclara Jimmy avec satisfaction.

Owen parut intrigué.

— Dans le bus ? répéta-t-il.

— T'as pas entendu la bonne nouvelle ? enchaîna Jimmy en riant. Le directeur a décidé de renvoyer tout le monde à la maison après le dernier cours du matin, à cause de l'épidémie de méningite. Génial, non ? Et c'est vendredi en plus ! Allez, un dernier petit effort avant le long week-end !

— Il ne s'agit pas de méningite !

La voix provenait de derrière Jimmy. Une voix féminine. Jimmy dut tourner la tête pour voir la femme, contrairement à Owen qui l'avait vue tourner le coin au bout du couloir. Elle portait un uniforme kaki qui moulait gracieusement ses formes généreuses. *Plutôt sexy pour une militaire, tout de même*, songea Owen en se rapprochant de son frère Jimmy. *Dommage que je sois gay. Les hommes doivent tomber à ses pieds, carrément !*

La femme vint se placer entre Jimmy et Owen.

— Wow! Vous êtes drôlement mignonne! ne put s'empêcher de lancer Jimmy.

— Merci, je suis flattée.

— Qui êtes-vous? demanda Owen.

— Joana Caesar. Je suis la femme de votre frère, Jack.

— Quoi!?

— Jack... est marié? balbutia Jimmy.

La femme fit oui de la tête.

— Vous voulez retrouver votre frère, n'est-ce pas? Je crois savoir où il est.

Jimmy et Owen restèrent ébahis.

— C'est une blague? fit Jimmy. Parce que si c'en est une, elle n'est vraiment pas drôle!

Owen s'empressa de prendre la parole.

— Vous travaillez pour la police ou pour Timor Trigona? fit-il en s'interposant entre la femme et son frère, comme s'il souhaitait protéger ce dernier.

Mais Jimmy n'était pas dupe: ce n'était pas pour le protéger qu'Owen s'était placé entre Joana Caesar et lui, mais plutôt pour prendre les devants et éviter qu'il ne dise des bêtises.

Joana secoua la tête.

— Je ne travaille ni pour les flics ni pour Trigona.

— Pour qui, alors? insista Owen.

— Pour L & L, répondit la jeune femme. Jusqu'à tout récemment, du moins.

— L & L? répéta Jimmy, intrigué, en quittant sa position pour se placer aux côtés de son frère, en égal.

— Legions & Legionnaires, précisa Joana Caesar. C'est une armée privée.

— Et qui a les moyens de se payer une armée privée? demanda Owen.

Joana sourit tout en secouant la tête.

— La question n'est pas de savoir qui en a les moyens, mais plutôt qui a besoin de le faire.

Il y eut un silence, qui dura plusieurs secondes.

— Que nous voulez-vous? demanda enfin Owen.

Joana regarda autour d'elle: il y avait beaucoup trop de monde dans cette école.

— Pas ici, dit-elle. C'est trop bruyant... et trop passant.

— La cloche qui annonce le début du prochain cours résonnera bientôt, expliqua Jimmy. Les couloirs et la salle des casiers se videront. Ce sera pratiquement désert.

Joana haussa les épaules.

— Peut-être, mais dans le désert, le moindre murmure devient un cri. Le silence m'effraie autant que la clameur des foules. Si vous souhaitez savoir où se trouve Jack, je vous conseille de me suivre.

La jeune femme fit demi-tour et se dirigea vers la sortie. Jimmy et Owen se consultèrent du regard. Les deux garçons se mirent rapidement d'accord et décidèrent de lui emboîter le pas.

— Et que fait-on d'Evelyn? demanda Owen en pressant le pas pour rejoindre la milicienne.

— Pour l'instant, on n'a pas besoin d'elle, répondit Joana sur un ton cassant, sans se retourner. L'agent Morris s'occupera d'elle.

— Qui c'est, cet agent Morris? fit Jimmy. Un flic?

La femme ne dit rien. Elle marchait d'un pas ferme et décidé, avec la cadence d'un bon soldat.

— J'ai un mauvais pressentiment, murmura ensuite Jimmy à l'intention de son frère.

— Tu m'en diras tant, répondit ce dernier en gardant son regard fixé sur Joana Caesar, la soi-disant épouse de Jack.

◆

Joana les fit monter dans son 4 x 4, stationné derrière l'école, dans un coin à l'abri des regards. Une fois qu'ils furent tous les trois bien installés à l'intérieur, Joana commença ses explications. Elle alla droit au but, sans prendre la peine de les ménager.

— L'accident d'avion dans lequel vos parents sont morts n'en était pas vraiment un.

— Comment? fit Jimmy.

Joana fit démarrer le véhicule et s'empressa de mettre le plus de distance possible entre eux et l'école. Depuis le matin, elle avait cette désagréable impression d'être suivie. Généralement, ça ne la trompait pas : sans doute que les Shattam ou encore L & L avaient chargé quelqu'un de la filer discrètement.

— Vos parents travaillaient pour les Shattam, n'est-ce pas?

Owen, assis du côté passager, acquiesça en silence.

— Des contacts de Timor Trigona à Berlin ont découvert que le troisième corps, celui qui se trouvait dans les décombres avec ceux de vos parents, n'était pas celui de votre sœur Mary. Il a été placé sur le site après l'accident. Si Jack était toujours là, c'est probablement aujourd'hui que Timor lui aurait annoncé la nouvelle. Mais quelque chose me dit que Jack est déjà au courant.

— C'est Evelyn, pas vrai ? fit Jimmy, qui était installé sur la banquette arrière. C'est elle qui a demandé à Trigona d'enquêter ! Elle a toujours eu des doutes !

— Pourquoi avait-elle ces doutes ? demanda Joana.

— Elle est parano, notre frangine, rétorqua Jimmy.

— Qui aurait bien pu souhaiter la mort de nos parents ? demanda Owen, dont l'esprit était plus cartésien. Et, encore plus étrange, pourquoi nous faire croire que Mary est morte ?

— Votre sœur est médium, n'est-ce pas ? s'enquit Joana.

Owen jeta un regard à son frère par-dessus son épaule. Les deux garçons demeurèrent silencieux, ne sachant pas trop s'ils devaient dire la vérité.

— Elle voyait des trucs ? fit Joana pour les encourager à parler. Des images du passé ou du futur ?

— Oui, répondit simplement Jimmy.

Owen lui asséna un coup sur l'épaule. De toute évidence, il désapprouvait la trop grande franchise de son frère.

— T'es un grand naïf, lui murmura-t-il à l'oreille.

— Ça pourrait expliquer sa disparition, dit Joana en reportant son regard sur la route. Si quelqu'un sait où Mary et Jack se trouvent, ce sont certainement les Shattam. Allons leur rendre une petite visite, vous voulez bien ?

— Holà ! Attendez une minute ! répliqua Jimmy. Vous avez dit que vous saviez où se trouvait Jack !

— Il est entre les mains des Shattam.

— Mais où le gardent-ils ?

— Ça, je l'ignore, répondit Joana.

Jimmy lança un juron, puis se cala profondément dans la banquette arrière.

— Vous avez triché ! dit-il sur le ton de celui qui s'est fait avoir.

— Pour gagner, il faut toujours tricher, répondit Joana. C'est la règle, ajouta-t-elle non sans une pointe d'ironie.

— Pierre et Rosalie, nos domestiques, vont s'inquiéter si on ne rentre pas à la maison, la prévint Owen.

— Et ils sont bien capables d'appeler la police s'ils ne nous voient pas arriver ! renchérit Jimmy.

— Qu'ils alertent tous les flics de la région, je n'en ai rien à faire, rétorqua Joana. Et vous non plus, croyez-moi. Bientôt, tout ça n'aura plus d'importance. Regardez bien les rues de votre jolie petite ville. Dans quelques heures à peine, elles seront bondées... de morts vivants.

CHAPITRE 6

LOS ANGELES, CALIFORNIE
JOUR 1 DE L'APOCALYPSE

Zebra Shark pénétra dans le restaurant où Leonard Shattam lui avait donné rendez-vous. Il fut accueilli par deux géants vêtus de costumes sombres. Des sbires du clan Shattam à n'en pas douter, formés dans la plus pure tradition kereboss. On conduisit Shark tout au fond de la vaste salle, là où l'attendait Leonard Shattam.

— Où est le reste de votre équipe ? demanda ce dernier en invitant le jeune homme à prendre place devant lui, à sa table.

Zebra Shark n'appréciait pas spécialement les restaurants appartenant aux Shattam, mais devait admettre que celui de Los Angeles avait un cachet particulier. On l'aurait dit sorti d'une autre époque : un immense hall d'entrée de couleur terre, au haut plafond soutenu par d'immenses colonnes de pierre blanche entre lesquelles étaient disposés des vases, des amphores et des urnes datant de l'Antiquité, les plus impressionnants qu'on ait jamais vus en Californie, disait-on. De soyeuses draperies de couleur beige, d'autres rouge sang, tapissaient les murs, ainsi que plusieurs reproductions de gravures vieilles d'au moins deux mille ans. Tout cet ensemble rappelait le style d'architecture prisé par les derniers empereurs romains.

— Je suis seul, répondit Shark.

— Bien. Nous avons perdu la trace de Joana Caesar et des triplés ce matin. Le profil prophétique de Joana, dressé à partir de l'avenir de Jack Soho, s'est révélé inexact. Cela se produit assez rarement, mais ça arrive tout de même. Anthony et moi lui avons demandé de se débarrasser des triplés, mais selon mes informations, elle a plutôt choisi de les aider à retrouver ce bon vieux Jack, entreprise vouée à l'échec s'il en est une.

Leonard Shattam inspira profondément, puis reprit :

— Vous savez ce que vous avez à faire ?

Zebra Shark hocha la tête.

— Bien sûr, monsieur.

De toute évidence, Zebra Shark connaissait son boulot. Leonard Shattam en fut soulagé. Sous la table, il frotta ses mains moites sur son pantalon de soie.

— Autre chose, ajouta Shattam. Martis et Iago ont été repérés ici, à Los Angeles. Ils nous seront d'une très grande utilité. Les laisser vivre fut une démonstration de sagesse. Ils vont nous mener directement aux autres émissaires. Je crois qu'ils ont réussi à les contacter. Plusieurs mouvements ont été observés en Europe par nos agents.

— Des nouvelles de Julius ?

— Aucune. Il a changé plusieurs fois de cachette au cours de la dernière année. Il a passé quelque temps en Russie et en Allemagne avec Maïa.

Présentement, nous croyons qu'il est peut-être en France ou en Espagne.

— Il faut les empêcher de se rendre dans la Kolyma, dit Shark.

— Vous avez raison, mon cher ami, mais n'oubliez pas que le clan Shattam est tout-puissant et que bientôt, plus rien en ce monde ne pourra amoindrir son pouvoir. La science est avec nous, ainsi que la connaissance. Rien au monde, pas même l'argent, ne pourrait remplacer ces instruments qui nous serviront à sauver l'humanité.

Leonard Shattam était réputé pour sa gourmandise : une bouteille de vin rouge et une assiette de fruits frais et de fromages dans laquelle il picorait sans quitter des yeux son invité reposaient devant lui sur sa table.

— Goûtez-moi un de ces excellents raisins, fit Shattam. Ils sont de Californie. Je les ai fait préparer pour vous.

Le jeune homme, assis de l'autre côté de la table, sourit mais ne céda pas.

— Merci, je n'ai pas faim.

— Allons, allons, Shark, il faut vous nourrir davantage !

Shattam se servit un autre verre de vin. Il savoura bruyamment la première gorgée avant de continuer :

— Vous aurez tout le soutien nécessaire, dont celui de Rawicz, mon garde du corps personnel.

— Je travaille mieux seul, déclina Shark.

— Rawicz aussi, mais pas cette fois, rétorqua aussitôt Shattam. Vous ferez équipe. Et vous

pourrez utiliser les ressources de Legions &
Legionnaires. Johnny Caesar attend vos ordres.
Pour commencer, j'aimerais bien que vous nous
débarrassiez de Timor Trigona. C'était l'associé de
mon père, pas le mien. Je n'ai jamais fait confiance
à ce sale truand.

Zebra se leva et s'éloigna de la table, mais
Shattam l'arrêta.

— Une dernière chose, Shark : vous avez bien
reçu votre vaccin contre le zharvirus, n'est-ce
pas ?

Shark eut un sourire.

— Évidemment, répondit-il avant de sortir
du restaurant.

CHAPITRE 7

HASTINGS HORIZON, CALIFORNIE
JOUR 1 DE L'APOCALYPSE

— Et cet imbécile de Jack qui n'a toujours pas refait surface, grommela Timor Trigona pour lui-même.

Il ne comprenait pas pourquoi il avait tant besoin d'alcool pour arriver à respirer correctement. Une pression mystérieuse s'exerçait en permanence sur son thorax, un poids qui semblait vouloir l'écraser. Il détestait cette impression d'être ligoté, prisonnier d'une force qui s'attaquait à sa volonté, à sa liberté. Pour se défaire de cet atroce geôlier, il lui suffisait de boire. De boire jusqu'à en oublier la présence de ce poids, de boire jusqu'à en être complètement débarrassé, de boire jusqu'à ne plus se souvenir qu'il martelait son âme depuis vingt ans.

Il commanda un autre whisky à Elliott, le barman.

— Tu n'es pas raisonnable, fit celui-ci.

— Donne-moi ce verre, répondit Trigona en arrachant la bouteille des mains d'Elliott. Et ne va pas croire que c'est la peur.

— Qu'est-ce que tu racontes ?

— Ce n'est pas la peur qui me fait boire, mon vieux. Je ne sais pas ce que c'est, mais je suis sûr

73

d'une chose : ce n'est pas la peur. Jack ne me vendrait jamais aux flics. Jamais !

Le barman essuya le comptoir chromé sur lequel étaient posés les coudes vacillants de Timor Trigona. L'appui que lui donnaient ses bras était la seule chose qui le maintenait ancré au bar. Sans eux, il se serait effondré, Elliott n'en doutait pas.

— Tu devrais rentrer chez toi. Il n'est même pas midi.

— Mensonges ! fit Trigona avec le sourire. J'apprécie ta sollicitude, mon vieux Elliott, mais je crois que tu devrais me foutre la paix. On ne devrait jamais interrompre un homme qui se soûle la gueule. C'est un sacrilège.

— D'accord, Timor. Comme tu voudras. Mais promets-moi d'appeler un taxi lorsque tu quitteras cet endroit.

— Tout ce que tu veux, mon bon Elliott. Allez, file-moi une autre bière avec ce whisky.

Le barman soupira.

— Pour moi aussi, dit une voix féminine.

Trigona tourna la tête avec difficulté. La douleur avait disparu, la pression sur sa poitrine se faisait moins oppressante, il respirait avec plus d'aisance. Il se sentait bien, mais se demanda tout de même s'il n'était pas allé un peu trop loin cette fois. Les objets bougeaient autour de lui, le plancher en bois lustré du café remontait vers lui comme une vague s'apprêtant à heurter la proue d'un voilier dans la tempête. Une nausée soudaine le saisit, mais elle fut passagère. Tout revint à la normale lorsqu'il rencontra le regard de la jolie femme qui venait de prendre un siège à ses côtés.

Une belle brunette, aux cheveux longs, bouclés. Un teint légèrement basané. Des pommettes larges et saillantes qui lui donnaient une allure exotique.

— Bonjour, monsieur, fit-elle avec un large sourire qui découvrit sa dentition parfaite.

Trigona haussa les sourcils et fit un signe au barman.

— Une bière et un whisky pour madame, Elliott.

Le barman s'exécuta sans conviction et servit ses deux clients. Deux bières bien fraîches accompagnées de deux whiskys.

— Trop belle pour être vraie, dit Trigona en pivotant gauchement vers la nouvelle venue.

— Qui ça ? Moi ?

Trigona lança un rapide coup d'œil en direction d'Elliott.

— Mais oui, je parle de vous, bien sûr.

— Vous êtes trop gentil, minauda-t-elle.

Et lui, de quoi avait-il l'air ? *Tu n'es pas de taille, Timor*, pensa-t-il. Il songea à l'image que lui renvoyait son miroir tous les matins. *Tu as une gueule de déterré, mon vieux.*

— Je suis Timor Trigona.

— Et moi Megan. Mes amis m'appellent Meggie.

— Suis-je l'un de vos amis ?

— Vous le deviendrez peut-être, répondit-elle en riant.

— Bien. Vous savez que je suis ivre, n'est-ce pas ?

— Évidemment.

— Simple petite précision.

Cette discussion — qui n'en était pas vraiment une — continua pendant de longues minutes.

Timor et la femme commandèrent d'autres bières à Elliott, et Megan révéla à Trigona qu'elle travaillait dans une petite boutique de vêtements située avenue Slauson, à Los Angeles, et qu'elle avait été mannequin plus tôt dans sa jeunesse. Elle n'avait pas aimé l'expérience. Trop de jalousie, dans ce milieu. Elle détestait la jalousie. Que faisait-elle à Hastings Horizon? Elle était en visite chez son frère.

— Alors, vous êtes un voyou, à ce qu'il paraît? lui demanda-t-elle.

— Qu'entendez-vous par «voyou»?

— Vous travaillez pour la mafia, non? Vous êtes un genre de gangster? Ne vous en faites pas, j'adore les voyous.

— Je me destinais à une carrière de policier.

Timor fit une pause avant de poursuivre.

— J'ai échoué. Donc, je me suis tourné vers autre chose...

— Le crime?

— Non. L'argent.

Trigona vida sa bouteille de bière d'un trait.

— J'ai besoin de carburant, Elliott! cria-t-il à l'intention du barman qui nettoyait les tables de la terrasse.

— Si nous partions?

— Et pour aller où, chérie?

— Chez moi.

L'invitation, enfin. De toute évidence, c'était une pute. Une pute avec de la classe, certes, mais une pute néanmoins. Le coup était risqué. Peut-être vaudrait-il mieux la laisser filer?

— Pas maintenant, fit-il. Il n'est même pas midi, et j'ai soif. Terriblement soif.

— Pourquoi buvez-vous autant ? demanda-t-elle.

Ce n'était pas un reproche. Une simple question. Il hésita avant de répondre.

— Vous croyez en Dieu ?

Elle sourit et eut un léger mouvement de recul. Question surprenante.

— Non.

— Je bois à cause de Dieu, dit Trigona en lui tapotant doucement la main. Je ne crois pas en lui, mais je bois à cause de lui. À cause du concept même de Dieu. Dieu est partout et nulle part à la fois. Il me ronge de l'intérieur. Vraiment chiant, comme type.

— Je ne comprends pas, avoua-t-elle.

Elliott déposa une bouteille de bière devant Trigona.

— C'est la dernière, Timor, dit le barman d'un air décidé. Ensuite, tu iras trinquer avec le chauffeur de taxi.

Trigona souleva sa bière en signe d'approbation.

— Un vrai père pour moi.

Megan se trémoussait sur sa chaise. Elle replaça sa robe pour attirer l'attention de Trigona. Le stratagème réussit.

— Expliquez-moi, supplia-t-elle.

Timor vacilla. Il s'accrocha au bar pour ne pas tomber.

— Je suis complètement ivre.

— Je sais. À cause de Dieu, n'est-ce pas ?

— L'heure du jugement dernier approche. Faites gaffe à vos jolies petites fesses, chérie. Je serais inquiet à votre place.

— Vous avez vraiment trop bu, répliqua-t-elle avec un soupçon de déception dans la voix.

— Mais oui. Je bois toujours trop.

— Vous avez peur ?

— Non, je n'ai pas peur.

— Dites-moi la vérité. Pourquoi vous détruisez-vous ainsi ?

Timor se mit à rire.

— Je dois partir, fit-il ensuite. Au revoir, Megan. Et n'oubliez surtout pas de vous confesser.

La jeune femme se leva et regarda sa montre. Elle s'avança vers Timor et caressa lentement sa large nuque. Trigona déposa un doigt sur sa bouche et le fit glisser jusque sur son menton. Ils s'embrassèrent.

— Tu es beau, lui dit la femme. Viens avec moi.

Timor fit un clin d'œil au barman en empruntant le chemin de la sortie.

— Pas de taxi, mon vieux Elliott.

— Fais attention où tu mets les pieds, Timor, répondit l'autre en terminant de nettoyer les restes de la petite fiesta.

À la sortie du café, Timor retrouva la nausée qui l'avait quitté à l'arrivée de la jeune femme. Elle revenait en force cette fois-ci. Il faillit s'écrouler, mais Megan arriva à le retenir. Il se remit droit, luttant pour retrouver ses esprits et son équilibre. Il remercia la jeune femme d'un hochement de tête, puis continua à avancer.

— Je dois dormir, fit-il. Je ne serai utile à rien cet après-midi. Elliott avait raison. Il me faut un taxi.

— Pas question, répliqua la femme. Je te garde près de moi.

— C'est gentil, Megan. Mais je dois aller me coucher. Vraiment.

— Est-ce que tu t'es déjà confessé, Timor ?

— Quoi ?

Timor trébucha. Cette fois Megan ne fit rien pour l'aider. Il se releva avec peine.

— Me confesser ?

— Oui. Tu m'as conseillé de me confesser. Mais toi, l'as-tu déjà fait ?

— On pourrait en discuter devant un verre, si tu veux, poupée. Demain soir ? Merde, je crois que je vais dégueuler.

Il retint un haut-le-cœur et tout ce qui normalement aurait dû suivre, puis se passa une main sur la bouche. Megan le regardait avec malveillance, il l'aurait juré. Mais il était bourré, après tout, et donc inapte à faire des suppositions valables.

— Je veux savoir, Timor. Quelles sont tes fautes ?

Trigona recula, le pas incertain.

— Tu as bu, toi aussi, Megan. Beaucoup trop. Allez, je dois filer.

— Non, pas tout de suite.

Trigona plissa les yeux, tentant ainsi d'améliorer sa vision floue. Le visage de la femme avait changé. Son sourire innocent faisait maintenant place à un rictus malicieux, et une colère discrète miroitait dans ses petits yeux noirs. Pas de doute, elle préparait quelque chose. Timor passa une main sur son veston, s'assurant ainsi que son Smith & Wesson, calibre 44, reposait toujours dans son étui.

— Que veux-tu ?

— Tu es vraiment beau, Timor.

— Je sais.

— Je veux prendre ta vie. Je veux te sauver.

La femme extirpa un pistolet de petit calibre de son minuscule sac à main. Sans aucun tremblement du bras ou de la main, elle pointa l'arme en direction de Trigona. Son air décidé aurait convaincu n'importe qui. Elle voulait sa peau. Elle était bien préparée et conserverait son sang-froid jusqu'à la fin de sa mission. Car il s'agissait bien d'une mission.

— Je peux te poser une question ? lui demanda Timor.

— Vas-y.

— Pourquoi ?

Elle se mit à rire.

— Aucune idée, répondit-elle.

— Je m'en doutais. Ils t'ont bien payée ?

— Évidemment.

— Qui sont-ils ?

— Des gens qui ont peur de Dieu, tout comme toi. Mais eux, ils restent sobres.

Trigona esquissa un sourire.

— Ces gens-là ont essayé plusieurs fois d'avoir ma peau, tu sais. Ils n'ont jamais réussi.

— Ça va changer, affirma Megan avec un affreux sourire.

Trigona jeta un rapide coup d'œil autour de lui. Aucune voiture, aucun passant. Il faisait noir. C'était parfait.

— Je ne crois pas.

Il s'avança vers la jeune femme. Elle tendit davantage son bras tout en le relevant, visant le crâne. Il continuait de s'approcher.

— Au revoir, Timor, fit-elle en exposant une dernière fois ses dents blanches.

Elle appuya sur la détente mais n'eut pas le temps de terminer son mouvement. Un coup de feu retentit. Elle tomba. On lui avait tiré derrière les genoux. Sa rotule gauche se retrouvait éparpillée sur le pavé. Elle avait lâché son pistolet, et son cri était la seule chose qui menaçait maintenant Timor Trigona.

— Toujours là au bon moment, ce gentil Elliott, fit Timor. Tarif habituel pour service rendu ?

— Cette fois, je me contenterai de cent dollars.

Megan se retourna avec peine et aperçut le barman qui tenait encore le fusil de calibre 12 pointé sur elle.

Trigona éloigna le petit pistolet d'un coup de pied. La jeune femme se tordait de douleur. Elle n'en avait plus pour longtemps. Soit elle mourait, soit elle tombait dans les pommes.

— Elliott ne tue pas les gens, dit Trigona en se penchant vers Megan, il les découpe.

— Ne me tue pas, Timor, l'implora Megan en pleurant. Aide-moi, s'il te plaît ! C'est atroce. Je ne pourrai plus marcher. Aide-moi, je t'en supplie !

Trigona dégagea son calibre 44 de l'étui de cuir. Un rayon de soleil se refléta alors sur la surface rutilante de l'arme. Megan semblait soudainement hypnotisée.

— Je ne peux pas te sauver et tu le sais. Une fois sur pied, tu tenterais encore de me descendre. Les Shattam ne cesseraient de te tourmenter si tu n'achevais pas ton travail.

81

— Tu vas tuer une pauvre femme ? cracha-t-elle. Sale lâche d'alcoolique ! Pédale ! Tu as peur de moi, hein ?

— Je te le dis pour la dernière fois : ce n'est pas la peur qui me fait boire. Je pense que c'est l'amour, en fait.

— Ne fais pas ça ! le supplia une dernière fois Megan.

— D'ordinaire, je n'utilise cette arme que pour tuer mes amis, expliqua Trigona.

Sur la crosse de l'arme, on pouvait lire : « Que la paix soit avec toi, mon ami… mais surtout, avec moi ! »

Timor tira. La balle traversa le lobe frontal et ressortit par la nuque, entraînant quelques tranches de cervelle et plusieurs morceaux d'os avec elle. Le corps déjà inerte de Megan s'affaissa complètement sur le bitume.

— Quelle femme, dit Trigona en rangeant son arme.

— Trop belle, hein ?

— Beaucoup trop.

— Que vas-tu faire d'elle ? demanda Elliott.

— Je n'en sais rien.

— J'ai encore cette énorme valise qui me sert à entrer de l'alcool de contrebande au pays. Je pourrais te faire un joli petit paquet cadeau.

— Tu t'en sens capable ?

— Évidemment. On ne me surnomme pas le Boucher pour rien, tu sais.

Une fois de retour chez lui, Trigona prit une douche. Cela lui fit un bien immense. Ses sens semblaient s'être réveillés et il ne souffrait plus de cette lourdeur que lui avait infligé l'abus d'alcool. Il enroula une serviette autour de sa taille et se dépêcha de quitter la salle de bains encore envahie de vapeur. Sa peau fut confrontée à la fraîcheur nouvelle de l'air ambiant lorsqu'il franchit la porte, et cela lui procura un certain plaisir. Il se dirigea ensuite vers le réfrigérateur et en sortit une bière glacée. Il se la passa sur le front avant de la décapsuler, songeant qu'il accomplissait ce rituel depuis plus de six mois maintenant; c'était devenu une habitude. Bonne ou mauvaise, il s'en foutait. Il s'installa dans son vieux fauteuil rembourré et mit en marche le lecteur de disques compacts, à l'aide d'une télécommande qu'il saisit là où elle avait reposé durant les vingt-quatre dernières heures, c'est-à-dire entre deux morceaux de pizza. Les restes d'une pizza comman-dée la veille, et qui gisait encore sur la table du salon. Il chercha ses cigarettes du regard. Il avait probablement oublié d'en acheter. Tant pis. La musique commença. Il avala une solide gorgée de bière et ferma les yeux. La fatigue le gagnait peu à peu.

Allez, Timor, arrête ce cirque. Tu dois te reprendre en main, te secouer, mon vieux. Et pourquoi donc? Il n'y a aucune raison valable. Leonard Shattam... Pas question de lui téléphoner. Shark doit encore lui coller au train. Quelle bande de clowns! Ils sont ridicules. J'aurai ta peau, Shark. Tu apprécieras sûrement le cadeau que je te ferai parvenir. J'aimerais que tu en profites, toi aussi, Leonard.

Trigona s'endormit dans son fauteuil. Cet après-midi-là, il rêva de Jack Soho. *Où es-tu, Jackie? Où es-tu? Ce sont les Shattam qui t'ont fait la peau?*

Ou ce sadique de Zebra Shark, peut-être ? Mais peut-être collabores-tu avec la police pour me faire tomber ? Ils t'ont mis sous haute protection, c'est ça ? celle accordée aux délateurs dans les affaires de gangstérisme... Un gangster, moi ? Voyons, Jackie...

CHAPITRE 8

Le journaliste et son équipe se trouvaient debout sur le trottoir en bordure d'une grande artère, devant un vieux bâtiment en briques rouges servant à la fois d'hôtel de ville et de bibliothèque à la petite localité de Hastings Horizon.

— Le maire, ainsi que les services d'urgence, nous ont effectivement confirmé ce matin que la ville se trouvait aux prises avec une grave épidémie de méningite, expliqua le journaliste. Le maire, lui-même atteint, a répété que les citoyens étaient très inquiets. Les neurologues que nous avons consultés à ce sujet affirment qu'il ne s'agit pas que d'une simple méningite cérébrospinale. L'infection à laquelle font face les habitants de Hastings Horizon serait causée par un entérovirus beaucoup plus destructeur, qui se transmet par contact direct avec la salive ou les sécrétions de personnes infectées. Toujours selon les spécialistes, le virus endommagerait l'hippocampe, la partie du cerveau qui contrôle la mémorisation. Si l'infection n'est pas traitée rapidement, elle peut entraîner une amnésie totale ou partielle et...

— COUPEZ ! intervint une jeune femme.

— Quoi ? s'impatienta Albert Levine, le journaliste vedette de la station de Los Angeles. Mais qu'est-ce qui te prend, Madison ? Nom de Dieu ! Tout allait bien !

Levine lança son micro en direction de Madison Gardner qui l'attrapa au vol, non sans montrer sa frustration.

— Je suis la réalisatrice, dit-elle à Levine en lui renvoyant le micro, pas la technicienne de service !

— C'est formidable, Al ! dit la jeune caméraman. Tu étais super !

— « Si l'infection n'est pas traitée rapidement, elle peut entraîner une amnésie totale ou partielle » ? répéta Madison en imitant l'air suffisant que prenait parfois Albert Levine. Nous n'avons aucune confirmation à ce propos. Tu as improvisé sur ce coup-là ! Tu devrais éviter d'insinuer des trucs pareils. Ton travail est de rapporter les faits, pas de les inventer. C'est clair, Al ?

Cette fois, Madison avait repris le ton niais de la caméraman qui, étrangement, n'avait d'yeux que pour cet imbécile de Levine.

— Il ne faut pas jouer les vierges offensées, chère Madison, répondit Albert Levine. Si tu es devenue réalisatrice, c'est probablement parce que tu n'avais aucun talent de présentatrice. Tu ne devrais pas m'en vouloir pour cela, tu sais. Occupe-toi de planter le décor et laisse-moi présenter le spectacle.

Madison s'approcha de lui.

— Un mot de plus, dit-elle en le fixant droit dans les yeux, prononce un seul mot de plus, mon vieux, et tu te retrouveras à présenter la messe du dimanche !

— Tu n'as pas ce pouvoir.

Madison recula lentement, tenant son index pointé vers Levine qui avait perdu son large sourire.

— Tu sais très bien avec qui je couche, fit-elle en lui adressant un clin d'œil. Et il ne t'aime pas beaucoup, mon petit Albert. Allez, on fait une pause. J'ai besoin d'un café !

Madison s'éloigna, et Levine crut l'entendre rire tandis qu'elle traversait la rue et entrait dans le petit restaurant situé en face de l'hôtel de ville, là où ils avaient convenu de prendre leur repas ce midi-là. L'affiche annonçait : « CUISINE LOCALE, HAMBURGER STEAK, SPAGHETTI, PIZZA ET SOUS-MARINS. LES MEILLEURS DE LA RÉGION. »

— Petite idiote ! fit Levine pour lui-même en lançant cette fois le micro vers la caméraman qui tenta de l'attraper, mais le reçut en plein sur le nez.

— Désolé, Isabelle. Je ne te visais pas. Cette petite arrogante me met dans tous mes états !

— Ne t'en fais pas, Al, dit la jeune fille en se tapotant les narines. Tu as beaucoup plus de talent qu'elle n'en aura jamais.

— Ouais.

À l'intérieur du resto, Madison s'installa à une table près de la grande fenêtre et commanda un café à la serveuse. Elle s'alluma une cigarette et inhala profondément la première touche. *Quel imbécile, ce Levine,* pensa-t-elle en observant à travers la vitre le journaliste de l'autre côté de la rue. *Je ne comprends pas, Sonny. Pourquoi me faire travailler avec ce minable ? Pourquoi m'envoyer dans ce trou perdu* ? Elle accueillit le café avec joie et ingurgita une bonne rasade de la seule substance qui, croyait-elle, parvenait encore à lui donner de l'énergie. Elle tira une nouvelle bouffée de nicotine, l'expulsa puis écrasa. Elle avait tenté plusieurs fois d'arrêter sous les conseils de Sonny Mendell, le directeur du service de l'information, son patron, son amant. Mais aujourd'hui, c'était la mauvaise journée. Pas question de réaliser un reportage avec Albert Levine sans fumer ; impensable, infaisable, inenvisageable. Elle chercha une autre cigarette dans le paquet et l'alluma. Quelqu'un s'approcha. Un homme.

— Puis-je ?

Madison le dévisagea pendant quelques secondes.

— Allez-y.

L'homme se glissa avec aisance entre la table et le siège. Il faisait face à la réalisatrice.

— Mon nom est Agosto, fit-il, mais tout le monde m'appelle Iago.

— Bonjour, Iago.

Joli mec, pensa Madison. *Il ressemble à John Lennon. Les lunettes sont un peu justes et la coupe de cheveux mériterait quelques retouches, mais à part ça, c'est pas mal. Pas mal du tout même !*

Iago fit signe à la serveuse de lui apporter un café.

— Vous êtes Madison Gardner, n'est-ce pas ?

Madison répondit par l'affirmative.

— Nous avons besoin de vous, continua l'homme.

— Vous aussi ? Formidable ! Vous savez, tout le monde a besoin de moi. Je suis indispensable. C'est ce que mon petit ami ne cesse de me répéter.

— Je suis sérieux.

— Mais moi aussi !

Le café arriva.

— Cessons les mystères, fit Madison. Je n'ai pas beaucoup de temps.

— Je comprends. Mais ce que j'ai à vous dire pourrait fort bien vous intéresser.

— Je l'espère. Un scoop ?

— Tout à fait.

Iago avala une gorgée de café.

— Je vous écoute, dit Madison.

— Cet épidémie de méningite n'en est pas une.

— Je sais.

— Elle a été volontairement provoquée.

— Vous m'en direz tant. Un complot ? Pour dominer le monde ? Qui est derrière tout cela ?

— Shattam Pharma.

La jeune femme se figea. La cigarette continuait à fumer entre ses doigts immobiles. On aurait dit une statue de cire. Puis, soudainement, elle se mit à rire, et ses traits plus tôt refroidis exprimaient maintenant un scepticisme amusé.

— Quelle blague !

Iago secoua la tête.

— C'est tout sauf une blague, dit-il.

— Une autre conspiration des compagnies pharmaceutiques ? fit Madison en serrant le poing. Mais d'où sortez-vous, pour l'amour du ciel ? C'est complètement ridicule. Allez, merci d'avoir mis un peu de piquant dans cette journée qui s'annonçait merdique !

Elle s'apprêtait à quitter son siège quand Iago lui saisit le poignet.

— Vous pouvez me faire confiance.

« *Je ne mens pas*, dit une voix dans l'esprit de la femme. *Rasseyez-vous.* » Madison aurait juré que cette voix venait de l'homme, mais savait bien que c'était impossible. Elle scruta le visage de ce sosie de John Lennon avant de reprendre lentement sa place. Elle n'avait peut-être aucun talent de présentatrice, certes, mais elle pouvait facilement deviner si on lui mentait. Cet homme-là ne lui mentait pas. Elle lui faisait soudainement confiance, sans savoir pourquoi.

— Vous êtes vraiment un drôle de type, dit-elle.

— C'est possible. Mais ce que j'ai à vous raconter n'a rien de drôle. Nous avons besoin d'une bonne journaliste.

— Je ne suis pas journaliste, avoua-t-elle.

— Vous l'avez déjà été. C'est ce qui compte.

— Qu'attendez-vous de moi ?

— J'aimerais vous convaincre de me suivre. Quelqu'un d'important voudrait vous rencontrer.

— Ah oui ? Et qui est ce malheureux ?

— On le connaît sous le nom de Martis.

Madison écrasa dans le cendrier ce qui n'était plus qu'un filtre carbonisé.

— C'est un des Beatles, comme vous ? fit-elle en attrapant une autre cigarette.

Iago la fixa sans savoir quoi répondre.

— Alors, vous acceptez ? lui demanda-t-il, ignorant sa question.

Madison le fixa pendant un moment.

— Et si je refusais ?

— Nous irions tenter notre chance auprès de quelqu'un d'autre, répondit Iago.

— Comme Albert Levine, par exemple ?

— Peut-être.

Madison ferma les yeux et serra les lèvres.

— Pas question, dit-elle en tentant de chasser l'image qui venait de s'imposer à son esprit : Albert se vantant d'avoir mis la main sur le scoop du siècle. Allons-y, je vous accompagne.

— Tout de suite ?

— Tout de suite.

— Vous ne le regretterez pas, lui dit Iago.

— Parole de Lennon ?

— Évidemment.

— Vous savez que la parole d'un chanteur, ça ne vaut pas tripette, n'est-ce pas ?

— Et la parole d'une journaliste ? rétorqua Iago en se glissant hors de son siège.

— Ça ne vaut guère mieux, répondit Madison qui quittait la table à son tour.

Elle le suivait vers la sortie lorsqu'il s'arrêta et se retourna.

— Nous avons oublié de payer, fit-il remarquer.

— J'ai laissé dix dollars. Plus un paquet de cigarettes.

Iago lui fit un sourire.

— Jamais je n'aurais sollicité l'aide d'Albert Levine, avoua-t-il.

— Enfin ! Un homme doué de raison, dit la réalisatrice en levant les bras. Vous auriez dû le mentionner au début de notre conversation ; je vous aurais suivi jusqu'au bout du monde !

Iago lui adressa un autre sourire, que la jeune femme apprécia particulièrement.

◆

— Regarde, Isabelle, fit Albert Levine à l'intention de la jeune caméraman. On dirait que la belle Madison nous quitte !

Madison agita la main en direction de Levine.

— J'ai une course à faire ! cria-t-elle. Je reviens très vite ! Dans l'intervalle, filmez donc quelques plans de la ville !

Un inconnu accompagnait la réalisatrice.

— Mais qu'est-ce qu'elle fait ? demanda la caméraman.

L'homme invita Madison à monter dans sa voiture, qui se trouvait garée devant le restaurant.

— Laisse-la partir, répondit Levine avec un large sourire de satisfaction. Nous nous débrouillerons très bien sans elle.

— Filmer des plans ? répéta Isabelle. Mais nous devons réaliser encore trois entrevues pour ce reportage !

Levine secoua la tête.

— Ma chère Isabelle, nous sommes des professionnels, n'est-ce pas ? C'est notre travail de donner au public ce qu'il veut. Madison Gardner est une arriviste, c'est tout. Et cela la perdra. Coucherais-tu avec quelqu'un seulement pour obtenir une promotion ? Nous ferons ces entrevues et les monterons nous-mêmes. Le résultat sera supérieur à celui que nous aurions obtenu avec Madison, crois-moi !

La voiture de l'inconnu longea la façade du restaurant, puis effectua un virage en U. Madison salua Levine et Isabelle une seconde fois lorsque le véhicule repassa devant eux.

— Elle semble avoir quelque chose contre toi, dit la caméraman. Elle te nargue, tu sais ?

— J'ai déjà refusé ses avances. Elle ne me l'a jamais pardonné.

— Quelle femme stupide, fit Isabelle en regardant la voiture s'éloigner.

CHAPITRE 9

SIÈGE SOCIAL DE SHATTAM
INTERNATIONAL
LOS ANGELES
JOUR 1 DE L'APOCALYPSE

Le téléphone sonna.

— Monsieur Shattam, on vient de livrer un…

La jeune fille au bout du fil hésita.

— On vient de livrer un colis pour vous. Une valise.

Shattam réfléchit quelques secondes.

— Dites à Anthony Caesar de s'en occuper. Je le rejoins dans son bureau.

— Très bien, monsieur.

Il raccrocha le combiné et reprit sa lecture. Les prévisions annuelles ne montraient rien de bon, il devrait donc ajuster le budget en conséquence. Moins de clients, donc moins de dépenses et moins d'employés. Mais cela avait-il réellement de l'importance à présent? Ce qui comptait vraiment, c'était de terminer à temps la Cité blanche et le projet Mirage. Chez Shattam International, son statut de P.D.G. lui donnait plein pouvoir. Tous les vice-présidents n'étaient que de vulgaires pantins manipulés par la seule volonté de Leonard Shattam. Il dirigeait tout lui-même : il décidait qui devait être embauché ou, au contraire, limogé, à combien devaient s'élever les salaires attribués, quels postes devaient être créés ou abolis. Aucun syndicat n'osait se mesurer au clan Shattam. Plusieurs employés au penchant un peu trop marqué pour les idées syndicalistes avaient soudainement disparu sans qu'on puisse expliquer pourquoi. On ne les avait jamais retrouvés.

Shattam rangea le rapport de prévisions dans un classeur et quitta son bureau. Il attrapa le minuscule téléphone portable attaché à sa ceinture et composa le numéro du service de la sécurité.

— Caesar à l'appareil.

— Alors, cette valise ? demanda Shattam.

— On devrait me la livrer d'ici quelques minutes. Vous venez ?

— Je suis en route.

Anthony Caesar assistait Shattam dans tous ses projets. Son nouveau poste de directeur de la sécurité lui donnait la possibilité de tout voir, de tout entendre. Caesar s'occupait du sale travail et appréciait particulièrement cette besogne. Surveillance, intimidation, coercition, voilà quelles étaient ses spécialités. Son mandat exigeait de lui une totale loyauté envers les frères Shattam, les seuls à qui il devait réellement rendre des comptes.

Leonard Shattam prit l'ascenseur et descendit jusqu'au rez-de-chaussée où étaient situés les bureaux de Caesar. Le contrôleur aperçut les deux livreurs qui déposaient l'énorme valise devant Anthony Caesar, sur le seuil de la porte. Ce dernier la traîna à l'intérieur de la pièce tout en faisant signe aux deux jeunes hommes de partir. Shattam croisa les livreurs et pénétra dans le bureau de Caesar sans dire un mot.

— Qu'est-ce que c'est, à votre avis ? demanda ce dernier.

Shattam ferma la porte.

— Aucune idée, répondit-il.

— Ne reste plus qu'à l'ouvrir alors.

— C'est prudent, vous croyez ?

Caesar se mit à rire.

— Nous sommes à l'ère de la miniaturisation, mon cher Leonard. Si c'est une bombe, elle est tout sauf discrète. Ne craignez rien, j'ai un sixième sens pour ce genre de chose.

Caesar fit le tour de la valise en tirant sur la fermeture éclair. Une forte odeur se dégagea de l'objet. Elle se répandit rapidement dans toute la pièce, provoquant chez Caesar un mouvement de recul qui ne manqua pas d'inquiéter Leonard Shattam.

— Cette odeur ne trompe pas, dit Caesar.

— Il y a quelqu'un là-dedans ? s'étonna Shattam en déposant une main sous son nez pour protéger ses narines de toute intrusion.

— Ça m'en a tout l'air !

Caesar ouvrit la valise. À l'intérieur, il découvrit un corps de femme en position fœtale. Du sang séché recouvrait la majeure partie du visage et des épaules. Aux cheveux était mêlée une substance sombre et épaisse.

— Ils ont collé des sacs à ordures sur les parois pour empêcher les fuites, affirma Caesar en examinant l'intérieur de la valise.

Il fit une pause.

— Je la reconnais, annonça Shattam en se rapprochant. C'est Megan.

— Il y a quelque chose là, regardez, fit Caesar en saisissant l'enveloppe tachée de sang qui reposait entre les genoux de la femme.

Il passa l'enveloppe à son patron, sans quitter le corps des yeux.

— Qui est Megan ? demanda Caesar. Une autre de vos conquêtes ?

Shattam se racla la gorge.

— Une amie de Zebra Shark. Il ne sera pas content.

Caesar referma la valise.

— Est-ce qu'on garde le corps ? Shark voudra peut-être le voir.

— Non. Débarrassez-vous-en.

— Comme vous voulez, fit Caesar.

Shattam déchira l'enveloppe. Caesar tira la valise jusqu'à la porte du bureau et attendit que son patron ait terminé sa lecture. Cela fait, Shattam se retourna lentement vers Caesar et lui tendit la lettre. Il y avait quelques mots au centre de la page :

« Elle était beaucoup trop belle, Shattam. Cette fille ne méritait pas de mourir. Suggérez donc à ce brave Zebra Shark de venir lui-même la prochaine fois.

T.T. »

— Fils de pute ! lança Caesar en rendant la missive à son destinataire. Je m'en occupe si vous voulez. On pourrait en discuter avec Shark. J'aimerais bien me farcir ce prétentieux de Timor. Je déteste ces gens-là.

— Attendons, répondit Shattam en rangeant la lettre dans la poche de son veston. Shark devrait nous rendre visite d'ici peu. Ce sera à lui de juger.

Caesar retint sa colère.

— Nous pouvons régler le problème dès maintenant. Il vous suffit de me donner carte blanche et jamais plus vous n'entendrez parler de Timor Trigona, croyez-moi.

Shattam rit discrètement.

— Il y a plusieurs années que Zebra Shark essaie d'avoir la peau de cet imbécile, mais il n'est pas facile d'atteindre ce type.

— Je ne suis pas ce petit con de Zebra Shark, rétorqua Caesar.

— Non, en effet, constata Shattam sur un ton amer. Contentez-vous de faire votre travail. Vous en avez déjà suffisamment sur les bras.

Caesar voulut répliquer, mais Shattam l'en empêcha.

— Et n'essayez surtout pas de vous mesurer à Shark, continua Leonard. Vous ne feriez pas le poids.

— Mais que me racontez-vous? Shark n'est pas invincible. Ce n'est pas un dieu. Et je pourrais vous le prouver aisément!

Shattam fixa Caesar. *Quel homme stupide*, pensa Leonard. *Stupide et dangereux.*

— Faites disparaître cette valise! lui ordonna-t-il en quittant le bureau.

— Seulement la valise ? demanda Caesar avec son affreux sourire. Que dois-je faire de la femme ?

— Qu'est-ce que j'en ai à faire, moi ? Empaillez-la, si ça peut vous faire plaisir !

CHAPITRE 10

La voiture pénétra dans le stationnement d'un motel et s'immobilisa devant la porte de la chambre dix-huit, qui donnait directement sur la rue.

— Nous y voilà, fit Iago. Alors ?

— Alors quoi ?

— Toujours décidée à nous écouter ?

— Mais bien sûr, répondit Madison avec un sourire innocent. Je trouve particulièrement intéressants les gens qui ont quelque chose à dire. J'espère seulement que c'est votre cas.

Ils quittèrent la voiture et se dirigèrent vers une porte d'un vert fatigué, sur laquelle était gravé le chiffre dix-huit. La peinture commençait à s'écailler par endroits et Madison songea que c'était l'endroit idéal pour retenir prisonnière la victime d'un kidnapping. Personne dans les environs, aucun commis à la réception, aucune autre voiture dans le stationnement. Si Iago décidait de s'en prendre à elle, il y avait très peu de chances pour qu'elle puisse obtenir de l'aide. *Allons, Madie*, pensa-t-elle, *c'est un chic type. Tu as l'œil pour ce genre de chose. Il ne te fera aucun mal. Aie confiance en toi. Tu es forte, non ? Il ressemble à un ange.*

Madison jeta un coup d'œil par la fenêtre et ne vit aucune lumière.

— Martis nous attend à l'intérieur, dit Iago en ouvrant la porte.

Elle se prépara mentalement. Pas question de flancher. *Du courage, allez, du courage !* L'homme qui les accueillit portait des vêtements usés et d'un style désuet. Malgré le faible éclairage, Madison le scruta de la tête aux pieds et conclut que cet homme devait se contenter de peu dans la vie. Il lui sourit. Un sourire sage et bon.

— Je ne m'habille pas chez les plus grands couturiers, dit-il comme s'il voulait excuser son apparence. Je préfère les vêtements simples.

Sa voix était douce et profonde. Il se dégageait de cet homme un fort sentiment de paix. Madison s'en voulut de l'avoir examiné ainsi ; elle n'avait pas voulu le mettre mal à l'aise ou le blesser. Mais il n'était pas offensé, elle en était convaincue. Il semblait au-dessus des malices humaines, des préjugés et de la jalousie. Il l'invita à s'asseoir et elle accepta sans hésitation. Iago resta debout, près de la porte. Il croisa les bras et, pendant un instant, elle eut envie de leur demander s'ils redoutaient une confrontation quelconque. Le jeune homme semblait nerveux, et sa manière de garder la porte inquiéta Madison.

— Soyez tranquille, mademoiselle Gardner, dit calmement Martis pour la rassurer. Nous sommes en sécurité ici.

Elle le dévisagea.

— Pourquoi ne le serions-nous pas ?

Il sourit.

— C'est très complexe, vous savez.

Les lumières restaient éteintes. Les cheveux blond clair de Martis luisaient dans la pénombre et ses yeux bleus respiraient le calme.

— Merci d'être venue, reprit-il. Nous apprécions beaucoup ce geste.

— Vous n'avez pas répondu à ma question. De qui vous cachez-vous ?

— Iago vous a expliqué que l'épidémie de méningite n'en était pas vraiment une…

— En effet. Difficile à croire.

— C'est la vérité. Et nous devons faire quelque chose pour prévenir les autorités.

— Et je suppose que c'est le rôle que vous aimeriez me confier ?

— C'est un peu ça, oui. Nous avons besoin de vous.

— Et j'obtiens quoi en retour ?

— Un scoop. Un très gros scoop.

Madison resta silencieuse. Cette histoire de primeur était-elle sérieuse ? Tentait-on de la manipuler ou tout simplement de la faire marcher ? Et dans quel but ? La situation était inhabituelle. Madison n'accordait pas facilement sa confiance, mais cet homme débordait de sincérité. Elle n'aurait su comment l'expliquer, mais elle était certaine de son intégrité. Absolument certaine. Une petite voix intérieure la bousculait, lui ordonnait d'écouter ce que cet homme avait à dire et de lui donner le coup de main dont il avait besoin.

— D'accord, mais quel genre de scoop ?

— Pas maintenant, répondit Martis. Il est trop tôt. Tout d'abord, il faut arriver à prouver que la pandémie a été orchestrée par les frères Shattam. J'aurais plusieurs pistes à vous suggérer pour votre enquête, mais je crois que vous devriez commencer par visiter la clinique privée des Shattam, ici même à LA.

Madison fronça les sourcils. L'homme recula dans son fauteuil.

— Ce sera très dangereux, ajouta Martis. Et sachez que nous ne ferions pas appel à vous si ce n'était pas d'une extrême nécessité.

La jeune femme croisa les jambes. *Je dois être complètement folle.*

— Auriez-vous l'obligeance de préciser la nature de ces dangers auxquels je risque d'être confrontée?

Martis jeta un bref coup d'œil en direction de Iago, qui n'avait pas bougé.

— Le clan Shattam représente une communauté très hermétique, dit Martis. Il vous sera difficile de mener cette enquête sans vous faire repérer. Et ces gens-là n'aiment pas qu'on se mêle de leurs affaires. Ils ont déjà tué dans le passé et peuvent recommencer. Vous risquez beaucoup si vous ne faites pas de la prudence votre meilleure amie. Leonard Shattam n'est pas reconnu pour son pacifisme. Ni pour sa patience. C'est un homme dangereux, rappelez-vous-en. Il est très charmant, vous verrez, mais ne vous y trompez pas: c'est un monstre.

— C'est très rassurant, répliqua Madison, ironique. Je ne vois pas pourquoi je refuserais votre proposition ! Après tout, ce n'est que ma pauvre petite vie que je m'apprête à risquer. Et pour quoi ? Pour un mystérieux scoop dont je ne suis même pas convaincue de l'existence.

« Tu dois accepter, Madison. Ne te demande pas ce que cela te rapportera. Demande-toi plutôt ce que cet acte pourrait engendrer. Ne crains rien de ce que tu auras à surmonter. Le diable mettra bientôt quelques-uns d'entre vous en prison, afin que vous soyez éprouvés, et vous aurez à souffrir pendant dix jours. Sois fidèle jusqu'à la mort, et je te donnerai la couronne de vie. »

Cette voix ne venait pas d'elle. Quelqu'un ou quelque chose avait fait naître ces mots à l'intérieur de son esprit. Elle avait ressenti dans tous ses membres chacune des syllabes prononcées par cette voix douce et sage. On lui avait... caressé l'âme.

— Tout ceci est très bizarre, fit-elle en baissant les yeux.

— Vous avez raison, répondit Martis avec compassion. Nous vous demandons de nous aider. Vous n'y êtes pas obligée. Si cela vous trouble...

— Je le ferai, affirma-t-elle, décidée. Je ne sais pas exactement pourquoi, mais je vais vous aider. Dites-moi seulement que ça en vaut le coup.

— Rien d'autre, dans toute votre vie, n'a jamais autant valu le coup, fit Iago qui jouait toujours à la sentinelle devant la porte.

— Iago a raison, continua Martis. Ne vous inquiétez pas. Votre destin me semble clair : vous vivrez longtemps pour renseigner le monde entier sur tout ce que vous découvrirez. C'est le rôle que le destin a prévu pour vous.

Madison inspira profondément. Elle se demandait si elle croyait vraiment au destin.

— Et je suppose que vous êtes déjà au courant de ce que je vais découvrir ? Pourquoi ne pas me le dire ?

— Vous devez voir et comprendre les choses par vous-même, sinon cet exercice ne servira à rien. Même si je vous expliquais tout, vous ne me croiriez pas. Et puis, il y a des éléments qui nous manquent et que vous devez découvrir pour nous.

— Pourquoi moi ? demanda-t-elle doucement.

Martis s'avança.

— Votre cœur est bon. De plus, vous êtes une excellente journaliste. Vous finirez par trouver les réponses.

— Et si je n'y arrive pas ?

— Je sais que vous y arriverez. Faites-moi confiance.

« *Quelques-uns d'entre vous en prison*, répéta la voix. *Ils auront à souffrir pendant dix jours. S'ils demeurent fidèles jusqu'à la mort, je leur donnerai la couronne de vie.* »

◆

Iago reconduisit la journaliste à Hastings Horizon, puis revint au motel. Par la fenêtre, Martis observait les arbres frétillant sous une petite brise passagère.

— Septimo a certainement échoué, conclut Iago avec tristesse après avoir refermé la porte de la chambre derrière lui.

Martis était installé sur le bord du lit, les mains jointes, se demandant comment il pourrait retrouver la trace de la fille, mais aussi celle de son frère d'armes, Lancaster Bell, dont le nom de code était Septimo.

— Nous avons laissé Julius agir à sa façon, répondit Martis en se retournant vers Iago, mais ça n'a pas réussi. Il est temps de revenir à nos anciennes méthodes. Il faut les retrouver et les sortir de cet endroit le plus rapidement possible.

— June attend tes ordres, lui dit Iago. Je n'ai pas eu de nouvelles des autres. Il faudrait les contacter.

Martis se caressa lentement le menton.

— Je prends l'avion dans une heure pour la France. Je me chargerai de Maïa et de Julius. Crois-tu que tu pourrais contacter April ?

— Sans problème. Il est en Espagne.

— Nous avons besoin de tout le monde, ajouta Martis en se levant. Ne t'inquiète pas, nous arriverons à les sortir de ce mauvais pas.

— Quelle sera leur réaction ? s'inquiéta Iago. Tu y as pensé ? Si Septimo et la fille font partie du projet Limia, il y a de fortes chances pour qu'ils ne se souviennent plus de nous. Ce sera difficile de les convaincre de nous faire confiance.

— On verra ça en temps et lieu, le rassura Martis en pressant doucement de sa main l'épaule de son ami.

Martis leva les yeux sur les arbres qui dansaient doucement sous le souffle du vent. *Ce souffle nous vient de vous, Philippe*, pensa-t-il, *comme une accolade d'encouragement. Nous nous battrons pour vous, maître, nous nous battrons pour votre sang et votre chair. Oui, nous nous battrons jusqu'à la victoire. Nous sommes vos paladins !*

CHAPITRE 11

SIÈGE SOCIAL DE SHATTAM
INTERNATIONAL
LOS ANGELES
JOUR 1 DE L'APOCALYPSE

La salle était bondée. Quelques retardataires, incommodés par les regards inquisiteurs de leurs collègues, tentaient de se frayer un chemin entre les rangées pour atteindre les places inoccupées. Leonard Shattam se tenait sur la scène, immobile, droit, ses yeux sombres fixant les deux hommes d'Anthony Caesar qui verrouillaient les portes de l'auditorium. Shattam attendit patiemment que tous les membres de la direction se soient installés à ses côtés avant de débuter la séance. Les cadres de chacun des services étaient présents : directeurs des ventes et leurs adjoints, coordonnateurs, superviseurs, chefs d'équipe, tous ceux qui avaient le moindre pouvoir décisionnel se devaient d'assister à ces « séances de motivation et de développement personnel », comme Shattam se plaisait à les appeler.

— Je voudrais débuter en vous souhaitant la bienvenue, dit-il en s'approchant du microphone. Mais j'aimerais surtout vous remercier. Votre présence est très appréciée, et cet intérêt que vous manifestez aujourd'hui démontre bien que

l'équipe de Shattam International a à cœur le développement de la société. Vous êtes tous promis à
un très grand avenir, et je serai fier de contribuer
personnellement à votre avancement au sein de
notre organisation. Comme vous le savez, de très
grandes possibilités s'offriront bientôt à vous :
vous pourrez choisir de continuer votre formidable
travail ici, à Los Angeles, ou encore demander un
transfert vers une de nos nombreuses filiales dans
le monde. Nous vous donnerons la chance de suivre
des cours de perfectionnement qui vous aideront
à accéder à de nouvelles fonctions, à obtenir des
promotions qui vous permettront d'améliorer
considérablement votre qualité de vie, autant ici,
avec nous, qu'à la maison avec votre autre famille.
L'équipe de direction ici présente tient à vous
féliciter pour ce courage quotidien que vous savez
démontrer, ainsi que pour ce professionnalisme
qui sert si bien notre clientèle.

Shattam s'arrêta quelques secondes. Il jeta un
rapide coup d'œil derrière lui, vers les membres du
conseil de direction qui affichaient tous un sourire
figé. Il les salua d'un signe de tête, beaucoup plus
pour le spectacle que par véritable respect.

— Nous vous garantissons un avenir sans
pareil, tributaire de vos actions et des nôtres. Vous
obtiendrez des postes importants au sein de l'entreprise, comme tous ceux qui sont avec moi sur
la scène et qui ont su faire preuve d'une loyauté
exceptionnelle. Un jour, certains d'entre vous
deviendront directeur, peut-être même directeur
général, et pourquoi pas vice-président, comme je
le suis devenu moi-même, à une époque, grâce au

soutien de mes frères de Shattam International. William Shattam, notre généreux président, m'a un jour offert la possibilité de travailler avec lui pour le bien de cette merveilleuse organisation. Depuis ce moment, je n'ai regretté aucune des journées passées sous sa direction.

Leonard fouilla dans la poche intérieure de son veston de tweed et en sortit un bout de papier qu'il présenta à son auditoire.

— Ceci est la principale raison qui m'a incité à organiser cette rencontre aujourd'hui. Cette lettre nous vient de mon père, William Shattam lui-même. Elle vous est dédiée. M'accorderez-vous l'immense privilège de me laisser vous la lire, ici, maintenant ?

L'assistance approuva avec enthousiasme.

— Très bien, fit Shattam en ajustant ses lunettes de lecture. «Très chers membres de Shattam International, commença-t-il, comme j'aurais aimé être avec vous pour vous annoncer cette grande nouvelle. Mon fils Leonard me remplacera avec brio, j'en suis convaincu.»

Quelques applaudissements d'approbation se firent entendre dans la salle.

— «Le groupe Shattam International vient en effet d'acquérir une autre société de réputation mondiale, poursuivit Leonard. Il s'agit de la prestigieuse Heaven Crest qui, comme vous le savez peut-être, est solidement établie en Autriche et en Allemagne depuis plusieurs décennies. Il s'agit d'un apport important à notre organisation. Certains d'entre vous auront la chance de se rendre dans ces merveilleux pays pour y donner des stages de formation et pour y implanter la philosophie de Shattam International. Nous avons le devoir de confier à ces nouveaux confrères les outils nécessaires à leur futur développement personnel et professionnel. C'est à travers vous qu'ils grandiront avec nous. Vous leur enseignerez la rigueur, le courage, l'initiative. Une tâche à la mesure de votre ambition.

« Par la présente, j'aimerais également vous signaler l'arrivée dans les prochains jours de quelques membres influents de notre organisation. Il s'agit d'un groupe de directeurs associés à nos services des communications. Leonard vous donnera tous les détails en temps voulu. Je vous demande de les traiter avec le respect qui leur est dû et de vous assurer qu'ils bénéficieront d'un accueil exceptionnel. Je suis convaincu que votre immense talent et votre loyauté sans cesse grandissante contribueront à rendre mémorable leur séjour parmi vous. Merci et à bientôt. Signé : William E. Shattam. »

Leonard replia la lettre et la rangea dans son veston.

— Voilà, dit-il en retirant ses lunettes. Comprenez bien que le principal avantage à faire carrière chez Shattam International n'est ni l'argent ni le prestige, mais plutôt l'occasion que vous aurez de partager votre vie avec les autres membres de cette grande famille. Je me fais le porte-parole de ces hommes pour vous dire combien nous admirons votre travail et souhaitons que vous poursuiviez votre cheminement avec nous, sous notre aile protectrice. Le monde risque de beaucoup changer au cours des prochaines années, et vous feriez un excellent choix en décidant d'apporter votre contribution à notre communauté. La philosophie proposée par William Shattam est d'avant-garde, et je ne serais pas surpris de constater que d'autres grandes sociétés tentent d'emprunter les idées révolutionnaires de notre président afin d'assurer leur propre survie dans ce que nous considérons tous comme un avenir incertain. La philosophie d'entreprise proposée par William Shattam en est une de rassemblement, de partage, de solidarité. Nous serons à vos côtés en toutes circonstances. Vous pourrez toujours compter sur l'organisation pour vous soutenir, vous défendre, vous permettre d'accéder aux ressources qui pourraient vous être utiles en cas d'urgence ou pour vous aider à régler différents problèmes. Nous protégeons les nôtres, soyez-en certains.

— Puissant! cria une voix de femme dans la salle. Quel charisme! Vraiment très puissant!

Shattam plissa les yeux et scruta les premières rangées à la recherche de celle qui avait eu l'audace de l'interrompre. Cette idiote venait de détruire ses propres chances de gravir les échelons. Anthony Caesar devait chercher lui aussi. Il fallait arrêter cette trouble-fête avant qu'elle ne gâche la cérémonie tout entière. Car pour Shattam, il s'agissait bel et bien d'une cérémonie.

— Puissant, mais tout à fait ridicule! continua la femme. De la merde! Bien molle et étendue avec soin! Tu en beurres épais, Leonard! Beaucoup trop épais! Ça sent fort, tu sais!

Cette fois, Shattam reconnut la voix.

— Joana, murmura-t-il entre ses dents serrées.

Mais où était Anthony Caesar, et qu'attendait-il pour intervenir?

— Par ici, Leonard!

Shattam orienta son regard vers la sixième rangée et aperçut un bras levé qui balayait l'espace. Joana lui faisait signe. La vision des traits souriants de la jeune femme gifla Shattam. Il faillit en perdre l'équilibre.

— Bonjour, Leonard! dit Joana en feignant l'innocence.

Son allure décontractée et son insouciance viscérale l'aidaient considérablement à se démarquer dans cette mer d'employés tendus et dociles. Shattam releva la tête et lança un regard sévère en direction des hommes de L & L. Ils s'exécutèrent maladroitement, mais avec empressement. Surtout, évacuer cette grande gueule le plus rapidement possible, en évitant de commettre une autre bévue. Ils étaient responsables de la sécurité, après tout. Comment Joana avait-elle pu se faufiler jusqu'ici sans qu'aucun agent ne l'ait interceptée?

— Hé, les gars! cria Joana en se levant. Je suis ici!

Les deux agents stoppèrent et évaluèrent leur proie. Joana leva les bras, tenant cette fois deux pistolets 9 mm. L'un d'eux était pointé en direction des agents et l'autre vers Leonard Shattam, à un angle à quatre-vingt-dix degrés. La jeune femme observait ses cibles en alternance. À sa droite, les agents qui avançaient d'un pas incertain, et devant elle, Leo Shattam, son ex-amant, qui sautillait sur place.

Les employés restaient muets, figés sur leur siège, suivant chacun des mouvements, chacune des paroles échangées comme s'il s'agissait d'une pièce de théâtre. Certains étaient paralysés par la crainte, d'autres par la curiosité.

— N'ayez pas peur, précisa Joana en se retournant vers l'auditoire. Je ne suis pas ici pour vous causer des ennuis. Au contraire : je me suis levée ce matin en me disant que je devais vous rendre visite. J'ai eu envie de vous faire connaître la vérité. Quel ne fut pas mon bonheur lorsque j'ai constaté que notre cher Leonard Shattam avait justement organisé une assemblée dans ce but précis ! Voici l'occasion idéale de préciser certains détails quant à votre avenir qui semble si florissant, ici, à LA, au siège social de Shattam International. Bravo Leonard, tu as fait du bon boulot. J'étais vraiment à ça de me mettre à genoux et de te supplier de m'embaucher.

— Joana, pourrais-tu ranger ces armes et quitter la salle, s'il te plaît ? demanda Leonard avec un calme feint. Sinon, mes hommes se verront dans l'obligation d'appeler la police.

— Mais ce qu'il est poli ! rétorqua Joana. Tu t'améliores avec les années, Leonard. Pourquoi ne pas avouer à tous ces gens que nous sommes des intimes, toi et moi ? À moins que cela ne te gêne. J'en serais triste, tu sais. Après tout ce que nous avons partagé...

— Je te le demande une seconde fois...

— Appelle la police, Leonard, je n'en ai rien à foutre !

Joana quitta le centre de la salle et se glissa vers l'allée de droite. Quelques employés abandonnèrent leur siège pour libérer le chemin. Les hommes de L & L l'attendaient, armes au poing. Lorsqu'elle eut atteint le dernier siège de la rangée, elle pointa les deux 9 mm sur les sbires de son oncle, Anthony Caesar.

— Dégagez, fit-elle.

Les hommes s'écartèrent.

— Vous pouvez vous rasseoir, dit Joana à l'intention des cadres qui s'étaient levés pour la laisser passer. J'ai préparé un petit discours. Ce que j'ai à dire vous intéressera, j'en suis convaincue. Je vais rejoindre votre patron sur la scène, d'accord?

Les employés hochèrent lentement la tête. Cette femme était folle. Peut-être allait-elle ouvrir le feu sur eux. Ou peut-être seulement sur Shattam. La seconde hypothèse était sans contredit la plus rassurante.

Joana s'avança vers les premières rangées.

— C'est le moment, les enfants, cria-t-elle en gravissant les marches du petit escalier qui donnait accès à la scène.

Jimmy et Owen Fox, un fusil de calibre 12 à la main, surgirent de derrière les longs rideaux de soie bleue qui camouflaient les coulisses. Leonard n'en croyait pas ses yeux.

Ils n'auraient jamais dû réussir à pénétrer ici, songea-t-il en se mordant les lèvres. *C'est inadmissible. Anthony, vous aurez à répondre de votre incompétence, je peux vous le jurer sur ce que j'ai de plus précieux.*

— Tu sembles bouleversé, Leonard, dit Joana en s'approchant de Shattam. L'émotion, n'est-ce pas? Moi aussi, je suis heureuse de te revoir. Je te présente James et Owen Fox. Ils étaient impatients de te rencontrer. Si je leur ai proposé de m'accompagner, c'est pour veiller à ce que tout se déroule bien pendant ma courte allocution. Je n'ai pas entièrement confiance en vous, les gars, et c'est bien dommage. On ne sait jamais, vous pourriez tenter de me descendre au moment où mes propos deviendront intéressants. Leonard, inutile de te rappeler que si tes hommes ont l'audace d'attenter à mes jours, tu seras le premier à en payer le prix. Tu comprendras que menacer ta précieuse existence est le seul moyen de retenir tes hommes.

Jimmy et Owen dirigèrent le canon de leurs fusils sur Leonard Shattam. Ce dernier fit signe aux miliciens de L & L de reculer. Ils s'exécutèrent sans conviction.

— Bien, fit Joana en s'appropriant le microphone. Leonard, j'espère que tu ne m'en voudras pas de te voler la vedette. J'ai tellement de choses à te dire, à toi ainsi qu'à tes fidèles employés. J'ai eu beaucoup de temps pour y réfléchir. J'en ai plein le cul, tu sais. Je suis fatiguée et j'ai envie de me reposer, de profiter de la vie comme elle devrait être. J'ai longtemps pensé que la solution serait de me traîner ici, vous implorant de mettre fin à mon calvaire. Je te le dis, Leonard, je l'ai presque fait. Et puis je me suis dit que je ne méritais pas de mourir ainsi. J'ai toujours rêvé d'une mort prestigieuse, honorable à tout le moins. Mais me faire tuer par des imbéciles, non, ça jamais. Alors je me suis ravisée et j'ai décidé que je devrais peut-être me présenter ici avec de meilleures intentions, comme celle de tout dévoiler à tes futurs sujets, ces cadres

117

de petite envergure qui assistent assidûment à toutes tes séances de bourrage de crâne.

Joana se tourna vers l'assistance.

— Quelle exquise vengeance ! Il est temps de mettre un terme à toute cette mascarade. Regardez-moi. J'ai l'air beaucoup plus vieille que je ne le suis en réalité. Je bois trop, je fume trop, je mange mal, je vis mal. Et tout ça à cause de votre ami Leonard et de votre généreux président, ce merdeux de William Shattam. Vous ne comprenez pas ? Évidemment, vous ne les connaissez pas comme je les connais. Vous n'avez pas encore vécu dans leurs rangs, avec leurs rites secrets, leurs messages codés, leur langage si particulier. Vous n'avez aucune idée de leurs principaux objectifs, du but réel de leur organisation, de leur motivation première. Vous ne savez pas à quel point ils sont impliqués dans les mouvements d'extrême droite et toutes ces saloperies de nouvelles religions. Vous ne voyez rien ; vous êtes aveugles et on ne peut vous en blâmer, car on vous a promis la richesse et la réussite en échange de votre loyauté et de votre silence. Mais je suis ici aujourd'hui pour vous révéler ce qu'est en réalité Shattam International, et j'espère que vous saurez m'écouter, car il en va de votre véritable avenir. Pas celui que vous promettent Shattam et sa bande de lobotomisés, non. Votre avenir en tant qu'êtres humains.

Leonard Shattam aurait voulu intervenir. Il fallait arrêter cette grande gueule de Joana. Elle mettait en péril le résultat de toutes ces années de travail et d'efforts visant à améliorer la qualité du cheptel. La sélection de ces employés avait été effectuée avec une rigueur démesurée, et chacun d'entre eux avait le profil psychologique convoité par les hauts dirigeants de Shattam International. Les outils les plus fréquemment utilisés étaient les tests d'aptitudes et de similarités, ainsi que les séances d'identification à l'entreprise, fruits des études de plusieurs éminents psychologues et sociologues, tous membres de l'élite de Shattam International. Ces recherches s'étaient étalées sur une période de dix ans, et jamais une autre société n'avait réussi à égaler la symbiose atteinte par Shattam et son équipe.

Joana tenait encore fermement les deux 9 mm, en surveillant du coin de l'œil les miliciens de L & L. Deux à sa gauche, immobiles. Deux autres à sa droite, qui avançaient prudemment, pointant vers elle des armes de calibre 38. Il devait bien y en avoir cinq ou six, tout au fond, à proximité des larges portes encore verrouillées. Peut-être quelques-uns derrière les rideaux de soie, prêts à canarder les gamins Fox au moindre faux pas.

— Shattam International est une secte, lança Joana en jetant un bref regard derrière son épaule, en direction de Leonard.

L'auditoire restait silencieux. Jimmy et Owen s'étaient déplacés vers les membres du conseil de direction, confortablement installés dans des fauteuils rembourrés, mais tenaient toujours Shattam dans leur mire.

— Une secte, mes amis, continua Joana. La plus puissante. La mieux organisée. La plus efficace. Et vous en faites partie sans le savoir. À différents degrés, bien sûr. Demandez-vous à quoi peuvent servir toutes ces séances auxquelles vous assistez. Quel est l'objectif de chacune d'entre elles? De quoi vous parle-t-on réellement? Quels sujets sont abordés? Je ne le sais pas, je n'y assiste pas. Mais je pourrais parier mon dernier string que vos dirigeants vous bombardent de promesses et de menaces cachées. Ils glorifient la loyauté, le don de soi. Ils vous rappellent sans cesse la chance que vous avez de travailler pour eux et les bienfaits que votre situation peut engendrer. Ils soulignent la banalité de votre vie hors de ces murs.

— Et alors? cria quelqu'un dans la salle.

Silence.

— Vous ne comprenez donc pas? s'étonna Joana. Plus vous cheminerez dans cette organisation, plus vous risquez d'y perdre les racines de votre personnalité. Ils feront de vous des moutons, des esclaves. Vous aurez droit à des initiations cruelles et à des séances de reconditionnement. Ils vous modèleront selon leurs désirs et vous n'y pourrez rien. Il sera trop tard. Votre directeur de la sécurité, Anthony Caesar, en est la preuve vivante. Ils en ont fait un tueur. Cet homme n'est plus ce qu'il était. Ils ont modifié sa personnalité, tout comme ils l'ont fait avec Mark Rawicz et Zebra Shark!

— Ça suffit, intervint Leonard. Ton imagination est débordante, Joana. Tout cela est très intéressant, je te l'accorde, mais il ne faudrait pas entraîner ces pauvres jeunes gens dans ta paranoïa destructrice.

Owen Fox secoua la tête pour signifier à Leonard Shattam qu'il n'était pas autorisé à dire quoi que ce soit.

— Merci pour ce commentaire, Leonard, poursuivit Joana. Mais dis-moi, ces jeunes gens connaissent-ils vraiment William Shattam, le digne fils du nazi Erich Shattam? Ce cher William a écrit dans sa lettre que tu fournirais tous les détails en temps voulu. Je crois que c'est le moment. Tu peux y aller.

Leonard ne bougeait pas. Joana lui adressa un sourire.

— Dommage. Je me chargerai donc de leur transmettre ces informations.

— Attends..., la coupa Shattam.

— Non, fit Joana. Je...

Il y eut un éclair. Joana releva la tête vers le balcon et aperçut l'ombre d'un homme dans la salle de projection. L'homme venait de tirer un coup de feu. Pas de doute, il avait utilisé un silencieux. Joana avait reconnu le bruit de grattement.

— Shark! réalisa-t-elle.

Elle se retourna et comprit que Jimmy Fox avait été touché. La prochaine balle était pour elle ou pour Owen. Elle s'agenouilla rapidement et chercha Leonard. Ce dernier avait disparu. Des cris stridents retentirent dans l'assistance paniquée. Il y eut soudain du mouvement tout autour d'elle. Les gardes de L & L avaient ouvert les portes et évacuaient les employés. Les membres du conseil de direction s'étaient jetés par terre et tentaient de se protéger derrière les fauteuils. Jimmy se traîna péniblement vers Joana. Il était touché à la cuisse.

— Joana! cria Owen. La salle de projection!

Joana hocha la tête pour signifier son accord. Elle se laissa tomber sur son flanc droit et tira à six reprises vers l'endroit précis où elle avait cru voir l'ombre de Zebra Shark. Rien. Un autre coup de feu. Le projectile frôla Joana et alla se loger dans la cuisse blessée de Jimmy, tout près du premier impact. Le jeune homme hurla de douleur.

— Tiens bon, Jimmy ! lui dit Owen.

Quatre miliciens apparurent sur la scène. Deux d'entre eux se jetèrent sur Jimmy et lui retirèrent son calibre 12. Les deux autres, bras tendus, pointèrent leurs armes sur Joana et Owen.

— Abandonne, Joana, fit la voix de Leonard Shattam. Tu as perdu. Shark est encore là-haut. Le crâne fragile du petit Owen est en plein dans sa ligne de mire.

Joana ferma les yeux. Elle savait que la salle était vide et que ces imbéciles n'hésiteraient pas une seconde à descendre Owen.

— Tu es pathétique, Joana, continua Leonard Shattam. Regarde-toi... Tu me fais pitié.

— Va te faire voir, Leo ! rétorqua Joana en laissant tomber ses pistolets.

Un des miliciens accourut et poussa les armes d'un coup de pied. Les autres obligèrent Joana à se relever.

— Sortez de là ! ordonna Leonard aux membres du conseil de direction, toujours tapis derrière les fauteuils. Dépêchez-vous d'aller retrouver les employés. Expliquez-leur que nous maîtrisons la situation. Allez, allez !

Ils se hâtèrent d'obéir aux ordres de leur patron et quittèrent la salle, soulagés d'être toujours vivants. Immobilisés par les miliciens, Joana, Owen et Jimmy assistaient à ce spectacle avec dédain.

— Au doigt et à l'œil, fit remarquer Joana. Obéissants et bien dressés. C'est comme ça que tu les aimes, hein, Leonard ?

Shattam s'approcha.

— De la discipline, Joana. C'est tout ce qui te manque, en fait.

Deux miliciens agrippèrent Jimmy et le remirent debout. La souffrance se lisait sur son visage. Son pantalon était imbibé de sang à la hauteur de la cuisse, et il devait s'appuyer péniblement sur sa jambe gauche pour ne pas s'écrouler.

— Éloignez-les d'ici, dit Shattam en se retournant. Je ne veux plus les voir.

Shattam alla rejoindre Anthony Caesar qui l'attendait tout au fond de la salle. Pendant que les hommes les poussaient, elle et ses deux compagnons, vers une sortie d'urgence, Joana vit que Zebra Shark avait quitté la salle de projection pour rejoindre Leonard et son oncle Anthony. La jeune femme distinguait maintenant la puissante arme dont s'était servi Shark pour tirer sur Jimmy. Un modèle inconnu, semblable aux fusils d'assaut EMPB, mais équipé d'un silencieux. Encore une invention meurtrière subventionnée par le patriarche William Shattam et mise au point par le fabricant d'armes Heaven Crest, que Shattam International venait d'acquérir.

Jimmy perdit l'équilibre et tomba face contre terre. Les agents n'avaient rien fait pour le retenir. Aucune plainte n'était sortie de sa bouche, mais son teint pâle fit craindre le pire à Joana.

— Allez, relève-toi, champion ! dit l'un des hommes de Caesar.

— On n'a pas que ça à faire, ajouta un autre homme. Dépêche !

Joana et Owen se débattirent, mais les deux colosses qui les entouraient ne lâchèrent pas prise.

— Courage, Jimmy, fit Owen à l'intention de son frère.

— Ferme ta gueule, toi, répliqua un des hommes de L & L.

Les agents se décidèrent enfin à traîner Jimmy à l'extérieur. La sortie d'urgence donnait sur la cour arrière du siège social de Shattam International. Il pleuvait abondamment, le ciel était sombre. Une limousine les attendait. Le chauffeur ouvrit la portière. Joana et Owen furent projetés à l'intérieur de la voiture. Les hommes de Caesar continuaient de ballotter le corps inerte de Jimmy. Il était inconscient et couvert de boue lorsqu'ils le poussèrent lui aussi dans l'habitacle. Joana l'installa sur la banquette et essuya son visage avec une serviette qu'elle avait trouvée près du minibar, pendant qu'Owen déchirait le pantalon humide de son frère. Il nettoya la plaie du mieux qu'il put. On referma la portière et elle se verrouilla automatiquement.

— On est faits comme des rats ! grogna Owen.

— T'inquiète pas, petit, répondit Joana. J'ai des copains chez les flics. Grâce au petit émetteur de repérage que j'ai sur moi, ils savent où je me trouve.

— Tu parles du type qui doit se charger d'Evelyn ? L'agent Morris ?

Joana acquiesça.

— J'ai toujours eu un faible pour les mecs en uniforme, avoua Owen, visiblement soulagé.

— Celle-là porte un tailleur, précisa Joana. Son nom est Holly Morris et elle est du FBI. Ses partenaires, Lucius Harrison et Jason Bird, ont été tués par Mark Rawicz.

— Il a tué des flics?

— Holly et ses deux partenaires ont arrêté Rawicz chez moi alors qu'ils enquêtaient sur la disparition de Jack, expliqua Joana. Je leur avais pourtant dit à qui ils avaient affaire. Bird et Harrison devaient escorter Rawicz en voiture jusqu'à leur bureau de Los Angeles, mais ce salaud a réussi à se défaire de ses liens et les a sauvagement attaqués, en véritable chien enragé qu'il est. Installé derrière, il les a égorgés à tour de rôle avant de sauter de la voiture en marche.

Malgré l'atrocité de ce que venait de lui raconter Joana, Owen semblait soulagé.

— Ta copine, l'agente du FBI, elle a prévenu ses collègues, non? Alors ça signifie que le gouvernement est au courant! Ils vont tout faire pour arrêter les Shattam, pas vrai?

Joana l'observa un instant, déçue de sa réaction:

— Je vais te répéter ce que j'ai dit à Holly: que le gouvernement soit au courant ou pas, ça n'a pas la moindre importance. Rien n'empêchera le zharvirus de se propager. Ce ne sont pas les Shattam eux-mêmes qui libéreront cette saloperie dans l'air, ce sont leurs hommes de main. Et si tu veux mon avis, c'est déjà fait.

Après une pause, pendant laquelle elle examina Jimmy, Joana ajouta:

— C'est aujourd'hui que débute la petite apocalypse personnelle des frères Shattam. Et qui sait où cela va nous mener.

CHAPITRE 12

— Un autre verre, ordonna le gangster.

Il souffrait atrocement. Sa cicatrice à la poitrine lui faisait mal. Il la caressa du bout des doigts, espérant calmer la douleur, ou peut-être l'endormir. Cela ne fit que raviver ses souvenirs : il repensa à la longue lame scintillante qui avait tailladé sa jeune chair d'adolescent, au sifflement du couteau de Blake Addison, un tueur professionnel venu de Chicago et engagé par Atlas Marquez, celui qui, à l'époque, avait essayé de ravir à son père Kastor sa suprématie sur le territoire des D.D., les Dark Dioscuri, que dirigeait la famille Trigona. La lame avait manqué de peu son cœur, pour aller se loger dans le haut de sa poitrine. Le jeune Timor avait réussi à dégager son pistolet ainsi qu'à repousser son assaillant. Il se souvenait d'avoir maudit Addison avant de l'abattre comme un chien. « Sale pourriture ! » avait-il dit après avoir craché sur son corps criblé de balles. Et plusieurs fois encore, sans retenue, il avait appuyé sur la détente, savourant chacun des impacts. « On ne s'attaque pas au clan Trigona sans en payer le prix ! »

— C'est l'humidité, dit-il en avalant son scotch d'un trait.

— Je comprends, répondit Speedman, son vieux garde du corps, qui comprenait toujours tout le monde. Ça me fait le même effet. Dans les genoux. Une vieille blessure.

Le vieil homme servit un autre verre à son patron. Timor ne le remercia pas.

— Ce salaud d'Addison s'est arrangé pour que je ne l'oublie jamais. Fils de pute! Même mort, il arrive à me foutre en rogne. Je le tuerais bien une deuxième fois.

— Ça fait longtemps, patron. Vous devriez essayer de ne plus y penser.

— Je pense à ce tas de merde chaque fois que le temps change. Et tu sais combien de fois le temps peut changer en une journée?

Timor jeta un coup d'œil en direction des grandes fenêtres du salon. Le soleil allait bientôt se coucher.

— Mais où sont ces imbéciles de triplés? On avait rendez-vous ici cet après-midi!

— J'ai parlé à Evelyn hier soir, dit Speedman, honteux de ne pas avoir mentionné ce fait plus tôt. Elle devait parler à ses frères ce matin.

— Alors, pourquoi ne sont-ils pas là?

— Bobby les a aperçus ce midi avec Joana Caesar.

— Joana? Mais qu'est-ce qu'elle peut bien leur vouloir?

Timor leva son verre vide et Speedman s'exécuta aussitôt.

— Ainsi donc, ces trois jeunes idiots sont avec elle? demanda Timor.

— Probable. Elle sait peut-être où se trouve Jack ?

— Ils sont comme ça, les triplés Fox, grogna Timor : toujours là où il ne faut pas ! Et qui les tire de la merde chaque fois ? C'est moi, le bon vieux Timor. Putain !

Speedman fixa son patron comme s'il attendait la suite. Elle ne vint pas.

— Qu'est-ce que vous allez faire ? demanda-t-il finalement.

Le gangster ne réagit pas. Il vida son verre et se leva ensuite pour se diriger lui-même vers le bar.

— Ces petits idiots savent quelque chose, dit-il sans se retourner. Pas question de les laisser risquer leur vie avec cette idiote de Joana sans qu'ils m'aient tout d'abord dit où se trouve Jack.

— Ils savent où est Soho ? s'étonna Speedman.

Trigona acquiesça :

— S'ils ne le savent pas, ils devront le découvrir. Je suis sûr que sa disparition a un lien avec le fait que leur sœur Mary soit toujours vivante.

— Elle l'est ?

— Je présume, oui. Les gars de Berlin m'ont confirmé que ce n'est pas son corps que l'on a retrouvé dans les débris de l'avion, mais celui d'une autre adolescente. Selon un des légistes, qui est mystérieusement décédé deux jours après le dépôt de son rapport, le corps de cette adolescente inconnue y a été transporté après l'accident. Elle ne se trouvait donc pas dans l'avion au moment de l'écrasement. On s'est donné beaucoup de mal pour nous faire croire à la mort de Mary Fox, et j'ai l'impression que quelqu'un en a informé Jack avant moi.

— Vous croyez qu'il enquête sur le sujet, et que c'est ce qui expliquerait sa disparition ?

— Qui sait ? répondit Trigona. Mais ce serait en plein le genre de Jack !

Un bruit de vitre brisée résonna soudain dans la villa. Puis un autre.

— Mon Dieu, mais qu'est-ce que c'est que ça ?

— Ça vient de la salle à manger, fit Speedman en traversant le salon au pas de course.

— Attends ! lui ordonna brusquement Timor. Regarde ! Regarde là !

Speedman s'arrêta et se tourna vers l'endroit que lui indiquait son patron. Celui-ci, abasourdi, pointait du doigt les grandes fenêtres du salon. Derrière s'étaient rassemblées une trentaine de personnes, parmi lesquelles Speedman reconnut le pasteur de Hastings Horizon, ainsi que certains policiers du comté, des officiers qui travaillaient pour le shérif Gardner. Se trouvaient parmi eux le maire et sa femme, et aussi de simples citoyens : du garagiste à la bibliothécaire, en passant par quelques enseignants et le propriétaire du supermarché, ainsi que certains de ses clients et employés. Le regard vide, la bouche béante, ils fixaient Timor à travers la vitre. Leur peau terne, presque grise, était couverte d'entailles et de contusions, et leurs vêtements étaient en très mauvais état, lacérés pour la plupart et tachés de sang, comme s'ils avaient tous pris part à un carnage.

— Mais qu'est-ce qu'ils ont entre leurs mains ? demanda Trigona.

Speedman plissa les yeux, tentant de distinguer les objets dans la pénombre.

— Ce sont... Ce sont des membres humains, souffla-t-il au bout de quelques secondes.

— Des quoi ?

Timor regarda à nouveau, avec davantage d'attention cette fois-ci : son garde du corps avait dit vrai. Ce que les membres du groupe tenaient entre leurs mains ressemblait à s'y méprendre à des bras et des jambes d'êtres humains, sectionnés (ou plutôt carrément arrachés) à la hauteur des articulations, coudes, épaules, genoux.

— Ce sont nos hommes, affirma Speedman. Ils ont attaqué nos hommes, ceux qui gardaient la propriété !

— Attaqué ? répéta Timor, indigné. Ils les ont plutôt découpés en morceaux, tu veux dire !

— Qui peut vous en vouloir à ce point, patron ?

— De foutus cinglés, à n'en pas douter !

De la salle à manger émergea soudain un autre groupe d'hommes et de femmes, assurément ceux-là qui, plus tôt, en avaient brisé les fenêtres. C'est de cette façon qu'ils s'étaient introduits dans la villa de Trigona, en fracassant les vitres, et quelque chose laissait croire que le second groupe, celui qui se trouvait derrière les fenêtres du salon, était animé des mêmes intentions. À la tête du groupe de la salle à manger se trouvaient des hommes de Trigona — encore qu'on pouvait difficilement qualifier ces épaves d'hommes. L'un d'entre eux, un nommé Victor, avançait lentement, les bras ballants, en direction de Speedman. Derrière suivaient Bugsy, qui venait tout juste de sortir de prison, ainsi que les frères Bowman, qui appartenaient à un clan rival.

— Mais qu'est-ce qu'ils foutent ici, ces deux salauds ?! demanda Trigona à Victor et Bugsy en désignant les deux Bowman.

Derrière ceux-ci, Timor distingua le juge et le procureur. Et plus loin, il y avait les danseuses exotiques du bar Crystal & Johnny. *Mais qu'est-ce qu'ils peuvent bien tous foutre ici, et pourquoi sont-ils venus ensemble ?* La confusion empêchait Trigona de réfléchir correctement.

— Vous m'avez organisé une fête-surprise ou quoi ? Et toi, Victor, qu'est-ce que tu fous là ? Je te croyais au lit, avec cette foutue méningite !

Personne ne répondit. Ils ne faisaient qu'avancer lentement, l'air égaré, vers le divan et le bar à proximité duquel se trouvaient Trigona et maintenant Speedman, qui s'était empressé de rejoindre son patron.

— Ils ne sont pas dans leur état normal, fit remarquer le garde du corps.

— Ton sens de l'observation est surprenant, mon vieux..., rétorqua Trigona, sarcastique.

Victor et les autres affichaient le même air idiot que les individus regroupés derrière les fenêtres du salon. Les vêtements de Victor et de sa bande d'effarés étaient eux aussi en lambeaux, et leur air hagard de déséquilibrés donnait des frissons dans le dos. Leur peau meurtrie en plusieurs endroits avait pris une teinte étrange ; elle était bleue, presque grise, comme celle des cadavres que l'on conserve dans les morgues.

— J'ai déjà vu des types de ce genre, déclara Speedman. C'était dans des films de zombies. Faut pas rester ici, patron. Victor et les autres tarés qui le suivent n'ont pas attrapé la méningite. Ils ont chopé un truc beaucoup plus grave.

Le regard de Victor s'alluma soudain, comme s'il venait de comprendre que d'autres personnes se trouvaient dans la pièce. Des personnes différentes, qui n'en étaient pas vraiment. Plutôt des proies. *De la nourriture*, songea Trigona. *Il nous regarde comme si nous étions de la saloperie de bouffe !* Victor se mit alors à grogner, vite imité par ses congénères. Les yeux de Victor prirent une teinte rouge sang, puis se fixèrent sur Speedman avec convoitise et avidité. Speedman fit un pas en arrière. Ce fut suffisant pour provoquer Victor, qui se précipita en hurlant vers le garde du corps de Trigona, lui sauta à la gorge et lui arracha la jugulaire d'une simple morsure. Timor, terrifié, se réfugia derrière le divan et composa en vitesse le numéro d'Elliott sur son portable. Si Jack avait été là, c'est certainement lui que Trigona aurait appelé à la rescousse. *Tu vas me payer ça, Jack ! Jamais là quand il le faut !* Elliott répondit vite à l'appel.

— Ils sont ici, Elliott..., lui dit Trigona. Ils ont... Ils ont tué tout le monde. Ils les ont tués... tous les gars... et peut-être même mes domestiques... je ne sais plus... Ils sont partout ! PARTOUT !

Les membres du deuxième groupe, qui jusque-là avaient attendu patiemment derrière les fenêtres du salon, s'animèrent soudain. Ils se mirent à crier, puis se jetèrent de façon hystérique contre les vitres. Un par un au début, puis en groupe, jusqu'à ce que les fenêtres finissent par céder sous la pression et qu'elles se fracassent, faisant tomber une pluie d'éclats sur les zombies qui pénétraient au même moment dans la villa. Réunis au centre du salon, les deux groupes n'en formèrent bientôt plus qu'un. Les nouveaux arrivants laissèrent le cadavre de Speedman à Victor et Bugsy, ainsi qu'à ceux qui avaient déjà entamé leur repas, et préférèrent se lancer à la recherche d'une nouvelle proie. Attirés par la viande fraîche, ils contournèrent le divan derrière lequel s'était abrité Trigona, puis s'immobilisèrent un bref moment pour contempler, l'eau à la bouche, leur prochain gueuleton.

— Amenez-vous, bande de mauviettes! leur lança Trigona en plongeant la main dans son veston.

Les yeux gorgés de sang, les doigts recroquevillés comme des serres de rapace, la gueule prête à mordre, à déchiqueter, à engloutir de la viande, les zombies se ruèrent sur le chef du clan Trigona comme une bande de prédateurs affamés.

— Que diriez-vous d'un peu de plomb en entrée, les gars?

Timor sortit son Smith & Wesson de calibre 44 et parvint à tirer une demi-douzaine de projectiles en direction de la meute avant que celle-ci, déchaînée, ne commence à le dévorer vivant.

— Sauve-toi, Elliott! cria Timor en direction de son portable, qui lui avait été retiré par la femme du maire. Tire-toi de cette foutue ville de dingues!

Ce furent ses dernières paroles. Cinq minutes plus tard, il ne restait pratiquement plus rien du corpulent Timor Trigona, à peine quelques ossements grugés, le maire et sa femme ayant même sucé jusqu'à son cerveau.

CHAPITRE 13

Madison se versait une deuxième bière lorsqu'elle entendit le bruit de la serrure. C'était Sonny. Il claqua la porte violemment et s'avança dans le corridor sans prendre la peine de retirer ses chaussures. Le bruit des talons durs heurtant le plancher de bois résonna dans toutes les pièces. Il cria enfin :

— Ce n'est pas possible, Madison ! Merde !

Un silence, puis :

— Où es-tu, pour l'amour du ciel ? Je sais que tu es là !

— La cuisine ! fit-elle.

Madison s'adossa au réfrigérateur et avala une grande gorgée de bière. Sonny pénétra en trombe dans la cuisine et s'arrêta brusquement lorsque ses yeux rencontrèrent ceux de la jeune femme. Elle ne désirait pas se disputer, mais sentit bien que ce n'était pas le cas de Sonny. Il tenait encore à la main sa précieuse serviette en cuir brun. Son veston était boutonné et sa cravate, bien ajustée. Madison se dit qu'il devait être pressé de rentrer à la maison. Sa colère était si palpable que Madison eut envie de courir jusqu'à la salle à manger.

— Tu es complètement folle ! lança-t-il.

— Calme-toi.

— Me calmer ? Elle est bonne, celle-là ! J'ai failli perdre mon boulot à cause de toi, Madison ! Te rends-tu compte de ce que tu as fait ? On ne déserte jamais une production ! JAMAIS ! Tu comprends ?

Il finit par déposer sa serviette sur l'îlot de bois qui occupait le centre de la pièce.

— Si j'ai abandonné cet idiot de Levine, c'est que j'avais une bonne raison.

— Tu parles !

Depuis le début de la matinée, elle avait craint la réaction de Sonny, mais sa propre colère commençait à prendre le dessus sur sa peur. Il n'avait pas le droit de lui parler ainsi. Elle avait agi selon ce que sa conscience lui dictait et ne regrettait absolument pas ses actes. De plus, le fait d'avoir planté là le pauvre Albert lui procurait un sentiment de satisfaction qu'elle avait peine à réprimer.

— Tu me donnes la chance de m'expliquer ou je fous le camp, compris ?

Sonny Mendell serra les poings. Il bouillait de rage, Madison en était certaine. L'aimait-il vraiment ? Elle en avait toujours douté. Qu'avait-elle à perdre au fond ? Elle devait tout lui avouer. Mais avouer n'était pas le bon mot : elle n'avait rien à avouer, en vérité. Elle était intègre, raisonnable et, surtout, indépendante. Elle n'avait jamais laissé personne lui marcher sur les pieds. Elle ne plierait pas l'échine devant Sonny Mendell, même s'il éveillait en elle les désirs les plus torrides. Il était fort attirant, certes, mais pas suffisamment pour qu'elle se renie elle-même. Non, elle ne se pardonnerait pas d'avoir trahi ses principes pour une simple question de phéromones.

— Je suis désolée de t'avoir mis dans une position délicate, reprit-elle. Je ne l'ai pas fait pour te nuire, mais bien parce que j'ai senti que je devais le faire. Il se passe quelque chose, Sonny, et je dois y participer.

— Levine est venu me voir et a menacé de me dénoncer à la direction! rugit Sonny. Pourquoi lui as-tu dit que nous baisions ensemble, pour l'amour de Dieu? Ils vont tous penser que je te protège! Adieu le lien de confiance! Ils vont me retirer ce poste, Madison, et tout cela à cause de toi! Vraiment, je ne comprends pas. C'était stupide!

Madison baissa la tête. «Tu sais très bien avec qui je couche, avait-elle dit à Levine. Et il ne t'aime pas beaucoup, mon petit Albert.»

Elle aurait dû réfléchir, c'est vrai. Elle avait eu une terrible envie de clouer le bec à ce connard d'Albert Levine et elle y était parvenue. D'accord, elle avait fait un faux pas. Mais qui n'en fait pas?

— Je suis peut-être allée un peu trop loin, admit-elle sur un ton résigné. Mais tu n'avais qu'à me garder ici, à Los Angeles, plutôt que de m'envoyer dans ce trou perdu avec cet idiot!

— Je n'en crois pas mes oreilles! Je suis ton patron, Madison! Tu sais ce que ça veut dire? Je décide! Je décide de tout ce qui te concerne!

Sonny dénoua sa cravate et fit sauter les deux premiers boutons de sa chemise. Elle le regarda droit dans les yeux, sans broncher.

— Tu exerces ce métier grâce à moi, continua-t-il en la pointant du doigt. On ne quitte jamais un lieu de tournage sans raison... ou pour son simple plaisir.

Pour son simple plaisir? Qu'est-ce que ça voulait dire? Elle repensa à Levine et l'imagina en train de raconter tous les détails à Sonny, lui décrivant Iago, le petit resto et, bien sûr, la voiture. Était-il possible que Sonny fût jaloux? Non, c'était peu probable.

— Attends une minute, répondit-elle avec vigueur. Qu'est-ce que tu veux dire exactement? Essaies-tu d'insinuer que j'aurais agi par caprice? Tu me déçois, Sonny. Je sais très bien pourquoi tu m'as envoyée là-bas; ce n'est pas pour des raisons professionnelles. Tu voulais m'éloigner pour te taper Jinnie en toute tranquillité. Je ne suis pas jalouse, tu sais. J'apprécie notre liberté mutuelle, mais à condition qu'elle ne nuise pas à mes objectifs professionnels. Et là, tu es allé trop loin. En m'obligeant à quitter LA aujourd'hui pour réaliser ce stupide reportage sur cette épidémie de méningite, tu m'as privée d'une excellente entrevue avec le gouverneur de l'État, et ça, je ne te le pardonnerai jamais. Alors, ne me demande pas de te prendre en pitié, d'accord? Tu ne perdras pas ton poste, c'est impossible: ils t'apprécient beaucoup trop là-haut. La solution serait plutôt de te débarrasser d'Albert Levine. Et peut-être de Jinnie, tiens...

Plus aucune colère dans les yeux de Sonny. Plutôt de la surprise.

— Tu inventes des histoires, répondit-il sur un ton beaucoup plus calme.

— Tu crois? Pauvre chéri, fit Madison avec ironie. Mais ne t'en fais pas. Finalement, je ne suis pas fâchée du dénouement. Mon petit voyage forcé m'a permis de rencontrer des gens fort intéressants.

— Comme le type du resto?

Gagné! Levine avait tout déballé. Elle se mit à rire.

— Oui, comme le type du resto, répondit-elle en vidant son verre. Tu veux une bière? Je m'en sers une autre.

Il ne bougea pas.

— Je te remets ma démission, fit-elle. Donc, tu n'es plus mon patron. Alors on peut faire l'amour maintenant?

— Madison... Tu ne peux pas me laisser tomber.

— J'ai quelque chose d'important à faire et j'aurai besoin de tout mon temps.

— Quel genre de chose?

Il semblait si calme à présent. *Comme il est facile de désarçonner les hommes qui se croient à l'abri de tout*, songea-t-elle. Elle eut presque pitié de lui.

— J'ai téléphoné à Frankie aujourd'hui et il est d'accord pour me rendre mon ancien poste au journal.

— Il t'a foutue à la porte il y a plus d'un an!

— Je lui ai dit que j'avais un scoop. Je crois qu'il m'aime bien après tout.

— Pas autant que moi, Madie.

Il s'approcha d'elle et l'embrassa. Elle voulut résister, mais le désir l'en empêcha. Une dernière fois, pourquoi pas. Pendant qu'il léchait son cou et arrachait son chemisier, elle pensa à Iago. Peut-être que Sonny songeait à Jinnie. Elle rit.

◆

— Quel est ce bruit ? Quelle heure est-il ?

Sonny tâtonna dans le noir et toucha finalement le réveille-matin du bout des doigts. Il rampa avec difficulté sur le lit et étira le bras pour atteindre la source de ce vacarme. Il asséna un solide coup à l'appareil, mais sans résultat. Il releva péniblement la tête et scruta l'objet. Sa vue était embrouillée par la fatigue. Il appuya lentement, avec précision, sur le bouton d'arrêt.

Puis il y eut le silence. *La délicatesse est de mise*, se dit-il. Il serra les draps dans ses poings et étouffa un profond bâillement.

— Il fait encore nuit ! constata-t-il en se découvrant. Brrr... On gèle !

Il examina le côté droit du lit : personne.

— Madison ? Tu es levée ?

Sonny chercha la jeune femme dans la pénombre.

— Madison ?... Madie ?

Aucune réponse. Il alluma la lampe de chevet et aperçut un mot écrit de la main de sa compagne, laissé tout près du réveille-matin. C'est elle qui avait programmé l'appareil pour ce réveil nocturne, il en était certain. Il secoua la tête, se demandant quelle surprise elle lui réservait cette fois-ci. Il se frotta les yeux d'une main et attrapa le bout de papier de l'autre :

«Bon matin, Sonny. Le soleil va bientôt
se lever. J'ai passé une formidable nuit,
mais elle s'est terminée plus tôt que prévu,
tu m'en vois désolée. Je commence mon
nouveau boulot aujourd'hui. Une nouvelle

vie aussi. Peut-être qu'on se reverra un jour. »

Et c'était signé : Madison.

— Merde, souffla Sonny en écarquillant les yeux. Elle me largue !

CHAPITRE 14

PRINCIPAUTÉ DE SARAÇAN
ÉPOQUE : LE FUTUR, 77 ANS
APRÈS LE DÉBUT DE L'APOCALYPSE

Le vieil homme se sentait épuisé ; ses membres usés par les années supportaient difficilement les changements soudains du climat instable de Saraçan. Il s'isolait dans sa chambre, une pièce sombre et sobrement meublée, et méditait pendant de longues heures sur toutes ces vies qui avaient côtoyé la sienne, à l'époque où il avait combattu pendant la guerre opposant Mirage à Saraçan. Son fils lui avait proposé de voyager vers les îles Pitcairn, où le soleil lui aurait rendu la vie beaucoup plus clémente. Le vieil homme s'était opposé à toutes les tentatives désespérées de son fils. Il allait mourir ici, dans sa maison de Brixen, un faubourg de Saraçan. Il n'aurait abandonné cette contrée pour rien au monde, il lui aurait sacrifié sa vie, son honneur, son âme.

— Père...

Le vieil homme se détourna de la minuscule fenêtre par laquelle il pouvait quelquefois apercevoir les étoiles de son enfance.

— Je sais, fils, fit-il d'une voix profonde. Tu dois partir.

— Nous devrons vous quitter dans quelques jours, pour rejoindre nos frères.

Les yeux humides du vieil homme croisèrent brièvement ceux de son fils, puis replongèrent dans la contemplation de la nuit qui prenait doucement possession des montagnes et des champs.

— Nous ne reviendrons pas, père, dit le fils avec difficulté. C'était notre dernier voyage.

Le vieil homme inspira douloureusement et tenta, en vain, de chasser la tristesse qui dévorait son cœur.

— Ton petit-fils voudrait te voir avant notre départ.

Le vieillard acquiesça d'un timide signe de tête.

— Il aimerait que tu lui parles de Jack Soho et des Émissaires, continua le fils, un peu hésitant.

Le père baissa la tête, et un sourire à peine visible se dessina sur ses lèvres gercées. Il tapota son menton du bout des doigts et jeta un rapide coup d'œil en direction de son fils.

— Kent n'est qu'un enfant. Cette histoire n'est pas pour les enfants...

— Cette histoire est la nôtre, et pour toujours il se souviendra de son grand-père grâce à ce récit que tu graveras dans sa mémoire, comme tu l'as gravé dans la mienne. C'est le souvenir que nous garderons de toi ; nous rêvons tous de cette époque lointaine, de ce royaume ancien où l'on se battait encore pour la liberté. Il faut transmettre ce que nous sommes, ce que nous avons été ; notre avenir en dépend, père !

— Il veut entendre parler de Soho, des Shattam et de Zebra Shark.

— Évidemment, fit le fils en souriant. Comme nous tous.

Kent apparut derrière son père. De grands yeux noirs, curieux et enjoués, se fixèrent sur le vieil homme. L'enfant éprouvait une certaine crainte, mais la fascination que lui inspirait son grand-père lui insufflait un courage naïf, comme celui de l'animal qui part à la découverte d'un territoire inconnu. Il sentit la main lourde de son père se poser sur sa petite épaule. Dans un doux mouvement, elle l'incitait à s'avancer vers le vieil homme.

— Allez, Kent, n'aie pas peur. Grand-père va te raconter une histoire. Tu dois écouter attentivement.

— Oui, papa.

— C'est très important.

— Oui, papa.

Le vieil homme se tourna vers l'enfant. Il ressentit l'appréhension de son petit-fils ; la même angoisse habitait son propre corps. Tous les deux ne se connaissaient pas vraiment, et cette intimité qui allait les unir pendant les prochaines heures verrait peut-être la naissance d'une solide complicité ou, au contraire, d'un antagonisme irréversible.

— Approche, Kent.

Le petit s'exécuta avec prudence. Ce n'était pas sa première visite dans la chambre de son grand-père, mais jamais il n'avait pu y pénétrer aussi profondément. Chaque petit pas augmentait l'angoisse qui l'habitait.

— Assieds-toi sur le lit, ordonna le vieil homme.

— D'accord, fit l'enfant.

En observant le spectacle qui se déroulait devant ses yeux, le fils du vieil homme comprit que la paix commençait enfin à se frayer un chemin dans le cœur torturé de son père. Il avait tant espéré qu'il accepte de raconter cette histoire.

L'enfant eut un léger mouvement de recul lorsque son grand-père s'approcha du lit.

— Ne t'inquiète pas ; je vais rester debout. Installe-toi confortablement sur ce lit.

Kent s'aida de ses deux bras pour s'aventurer un peu plus loin, à reculons, sur le vieux matelas de plumes.

— Je vous laisse, fit le fils du vieil homme. Aie confiance, Kent.

Il quitta la pièce sans un regard. Dans l'escalier qui menait à l'extérieur, il s'arrêta après quelques marches et tendit l'oreille :

— Papa dit que tu as été l'un des Sept Émissaires, fit l'enfant. C'est vrai ?

— Oui, c'est vrai, répondit le grand-père dont la voix semblait s'adoucir.

— Et il dit aussi que tu as connu Jack Soho !

— Je l'ai déjà rencontré, oui.

— Papa dit aussi que tu as participé à des batailles.

— Il a raison, dit le vieil homme.

— Est-ce que d'autres émissaires se sont battus à tes côtés ?

— Tous les autres, oui.

— Et le méchant émissaire, tu l'as connu, lui aussi ?

— Oui, lui aussi.

Les yeux de l'enfant s'illuminèrent.

— Raconte-moi, grand-père ! Raconte-moi !

Le fils du vieil homme sourit en entendant la requête de son jeune enfant. Il abandonna alors l'escalier pour retrouver le calme de la nuit.

— On les disait tout-puissants, commença le grand-père, et qu'ils naîtraient de l'Égide. Ils étaient les Sept Émissaires. Leur destin avait été tracé pour eux longtemps auparavant. Il était écrit qu'ils devaient sauver la Femme, et la protéger jusqu'à ce qu'elle affronte le Dragon.

Le vieil homme marqua un temps, sourit à l'enfant, puis ajouta :

— Martis, April, Maïa, June, Julius, Agosto et Septimo, c'étaient leurs noms.

Soudain, la projection holographique se figea. Les lumières s'allumèrent. L'homme qu'ils étaient venus voir et entendre s'avança sur la scène. Il y eut quelques murmures dans la salle, qui laissèrent rapidement place au silence le plus complet.

— Mon nom est Kent Francis Bell et je suis historien, se présenta l'homme. Le petit garçon de l'extrait, c'est moi il y a trente ans. Et le vieillard qui ne veut pas quitter la ville de Brixen et la principauté de Saraçan pour les îles Pitcairn, c'est mon grand-père. J'ai écrit plusieurs livres sur la période qui a précédé l'Apocalypse et la guerre entre Mirage et Saraçan. Mon sujet de prédilection a toujours été les Sept Émissaires. On fait souvent appel à moi, comme c'est le cas ce soir, pour partager mes connaissances sur le sujet, et chaque fois j'accepte avec le même enthousiasme !

L'homme sourit au public, puis continua :

— Le récit de mon grand-père, Lancaster Bell, est une histoire remarquable et, pour être tout à fait honnête avec vous, je ne me fais jamais prier pour la raconter, en particulier aux jeunes étudiants de l'université de Saraçan.

Il y eut quelques rires timides dans la salle.

— Tout débuta en fait au moment où rien n'avait encore commencé. J'aime employer cette phrase pour amorcer le récit, car elle résume bien le contexte de l'époque. Au moment de l'éveil de Jack Soho à Tea Walls, ce jour que nous considérons comme le premier jour de l'Apocalypse, nos ancêtres ne croyaient toujours pas que les frères Shattam représentaient une réelle menace. Les futurs citoyens de Saraçan — aussi appelé la principauté des Centuri —, tout comme ceux du monde entier, se pensaient en sécurité. Philippe et les autres fortunés qui avaient investi dans les divisions Future World et Ardea Cinerea de ReCOV comprirent qu'ils avaient sous-estimé les frères Shattam lorsque ceux-ci propagèrent le zharvirus. Le grand conseil de Saraçan réclama sans tarder l'arrestation des membres du clan Shattam, mais il était trop tard : la pandémie avait déjà commencé.

Les lumières s'éteignirent. L'image d'un beau jeune homme remplaça la projection holographique du grand-père et du petit-fils.

— Voici Lancaster Bell, nom de code Septimo, mon grand-père, annonça Kent dans le noir. Cet extrait mnémonique met en scène une rencontre entre mon grand-père, surnommé «le septième émissaire», et son ami, Gregory Balthazar. Vous remarquerez que ces événements se sont déroulés il y a plusieurs décennies, vingt-huit ans exactement après le premier jour de l'Apocalypse. Le monde n'avait pas encore été reconstruit et on pouvait y distinguer deux sortes d'environnement : les villes désertées et les campagnes repeuplées. Les meutes de contaminés se concentrant essentiellement dans les villes, cela força la population « saine » à quitter les grandes métropoles pour se réfugier dans les campagnes. Les diverses sources d'énergie, telles que le pétrole et l'électricité par exemple, étaient devenues rares, et exclusivement réservées à la protection de Mirage et de Saraçan. Mon arrière-grand-père, Stuart Bell, était un homme fort habile de ses mains. Il parcourait les contrées rurales entourant Mirage et Saraçan pour offrir ses services à titre de forgeron et de menuisier. C'est ainsi que, dans ce monde dévasté par l'Apocalypse des frères Shattam, il arrivait à amasser assez d'argent pour nourrir sa famille. Dans ses voyages, il était toujours accompagné de son fils aîné, mon grand-père Lancaster, et du mentor et protecteur de ce dernier, Romuald Betham, que l'on surnommait à l'époque Romu.

Kent Bell se tut et laissa place à la projection holographique. Celle-ci datait en effet d'une cinquantaine d'années et montrait Lancaster Bell qui enlevait ses bottes et les posait tout près de celles de son ami, Gregory Balthazar. Bell s'assit ensuite par terre, en tailleur, et appuya son dos contre le muret de pierres, exactement comme l'avait fait Balthazar avant lui. Lancaster posa les mains sur ses genoux, puis jeta un bref regard en direction de son compagnon. Balthazar regardait droit devant lui, affichant toujours le même air impassible.

— Il fait chaud aujourd'hui, dit Gregory.

Ils faisaient tous deux face au soleil et devaient plisser les yeux pour se protéger de l'intensité de ses rayons.

— Il fait toujours trop chaud à Mirage Sud, fit remarquer Lancaster.

Gregory n'émit aucun commentaire, ce qui surprit le jeune Lancaster. D'ordinaire, il réagissait assez vivement lorsqu'on esquintait sa précieuse Mirage. Il y eut un silence, puis Gregory dit :

— Ma sœur est amoureuse de toi.

— Je sais, répondit Lancaster.

— Tu devrais l'épouser. Si tu ne le fais pas, Cassandre finira par succomber aux avances de cet idiot de Richmond.

Lancaster dessina un cercle dans le sable avec son doigt tout en gardant le silence.

— Alors ? insista Gregory.

— Alors quoi ?

— Tu vas l'épouser ?

— Je suis trop jeune.

— Sottises. Tu es en âge de te marier, et elle aussi.

— Il est trop tôt, répondit Lancaster. Je suis encore l'apprenti de Romu.

— Cassandre est une femme extraordinaire, Lancaster. Elle saura être digne de toi.

Lancaster cessa de fixer l'horizon et se tourna vers Gregory. Il l'observa un moment avant de déclarer :

— Gregory, mon ami, mon frère, je crains de ne pouvoir lui rendre la pareille.

— Et qu'est-ce qui t'en empêcherait ?

— Mon cœur appartient à une autre femme.

Un étonnement silencieux remplaça les traits figés de Gregory.

— Qui est-ce ? Allez, dis-le-moi, supplia Gregory. Nous sommes amis, non ?

— Très bien, concéda Lancaster en songeant que Gregory avait sans doute raison : s'il ne pouvait confier ses secrets à son ami d'enfance, à qui d'autre le pourrait-il ?

— Il s'agit de Luna, la petite-fille de Philippe, annonça-t-il fièrement.

— Luna ? répéta Gregory, stupéfait. Tu as bien dit Luna ? *Ma* luna ?!

Lancaster acquiesça, non sans comprendre que quelque chose n'allait pas. Il regretta soudain de ne pas avoir écouté la voix qui lui avait conseillé de se taire. Les yeux en fusion de Gregory se soudèrent aux siens.

— Elle t'aime aussi ? demanda Gregory.

— Écoute...

— Je t'ai posé une question : est-ce qu'elle t'aime aussi ?

— Je le crois, oui.

Cette révélation laissa Gregory pantois. Son regard s'égara et ses lèvres se mirent à articuler des mots inaudibles. Lancaster tenta de poser une main sur l'épaule de son ami, mais Gregory la repoussa violemment.

— Pourquoi tu me fais ça ? Éloigne-toi de moi !

Lancaster obéit à son ami. Il se leva et se dirigea vers Romu, son mentor, qui attendait près de sa monture : un superbe cheval arabe qui faisait l'envie de plusieurs, surtout des chevaliers du prince Philippe. Romu avait baptisé son cheval Mithra, ce qui signifie « alliance ». C'était là sa seule possession. Il avait abandonné sa femme, sa fille et ses richesses pour suivre son nouvel apprenti. Il avait juré de le protéger, jusqu'à la mort si cela se révélait nécessaire.

— Je crains d'avoir commis un impair, fit Lancaster en s'approchant.

Lancaster caressa le large museau de la bête d'un mouvement machinal.

— Tu veux m'en parler ? suggéra Romu qui terminait d'ajuster la selle sur le dos de Mithra.

Lancaster hésita un moment, puis se lança :

— Gregory est amoureux de Luna.

— La petite-fille du prince Philippe ?

Un air coupable se dessina sur les traits du jeune Lancaster. Il finit par acquiescer en silence.

— Et celle-ci partage-t-elle les sentiments de Gregory ? demanda Romu.

Lancaster secoua lentement la tête.

— C'est moi qu'elle aime, enfin, je crois.

— Elle te l'a dit ?

— Les gens n'ont pas besoin de me dire ces choses. Je les devine, bien malgré moi. Mais vous devriez le savoir, non ?

— Et toi, tu l'aimes ?

— Oui. Et je l'ai dit à Gregory.

— Il est en colère ?

Lancaster fit oui de la tête.

— Tu veux que je lui parle ?

— Je ne crois pas que ça changera grand-chose, répondit le jeune apprenti.

Romu sourit.

— Anciennement, les gens comme nous se voyaient gratifiés du titre de « mage ». Sais-tu ce que ça veut dire ? Ça signifie « les faiseurs de choses extraordinaires ».

Lancaster sourit à son tour.

— Allez, va chercher Stuart pendant que je vais discuter avec ton ami, dit Romu. Nous devons partir pour Mirage Nord aujourd'hui.

Lancaster obéit et courut vers l'étable où travaillait son père. Il faisait confiance à son mentor, car celui-ci tenait toujours parole. Oui, grâce à Romu, il y avait une chance pour que les choses s'arrangent entre Gregory et lui.

CHAPITRE 15

PIERRE-ET-LAC-DE-MER, VILLAGE CÔTIER
FRANCE
JOUR 1 DE L'APOCALYPSE

Il faisait froid en cette fin de journée, et Julius se demanda d'où pouvait bien provenir ce vent qui s'était levé si soudainement. Il prit soin de couvrir ses jambes maigres et inertes avant de continuer sa difficile progression vers la mer. Ses bras lui faisaient mal, mais il n'était pas question d'abandonner. Il continua de pousser sur les roues de son fauteuil roulant et crut bien que celui-ci s'enfoncerait dans le sable humide, mais il réussit à se dégager au dernier moment. Il se retourna et observa du coin de l'œil les deux profonds sillons laissés par les roues depuis la maison sur la colline jusqu'à cette dernière étape qu'il venait de franchir avec brio. Rien ne pourrait l'empêcher de rejoindre la mer, pas même cette plage grise et vaseuse qui s'étendait devant lui pour le retenir, aurait-on dit, comme si elle craignait de le perdre pour toujours. Dans ces moments, il avait l'impression de se battre pour s'arracher à une terre impitoyable. Ne désirant qu'une chose, s'envoler vers cette eau bleue et pure, promesse de liberté, d'aisance, il ne ménageait aucun effort pour atteindre son but.

Ce n'est qu'une fois arrivé à l'océan qu'il réussissait enfin à oublier la perte de ses jambes ainsi qu'à bannir de son esprit cet écrasement atroce qui l'en avait privé. Il ne lui restait plus que quelques mètres à parcourir lorsque Maïa l'interpella.

— Julius! cria la jeune femme. Julius! Attends!

Il fit la sourde oreille. Il continua sa progression vers la mer, redoublant d'efforts. Mais cette fois-ci, la terre ne le laissa pas s'échapper. Elle fit plus que le retenir; elle agrippa son fauteuil. Le véhicule se mit à pencher doucement du côté droit, la roue s'étant enfoncée dans le sable. Julius tenta de se dégager en déplaçant tout le poids de son corps sur la gauche, mais en vain. Le fauteuil bascula et Julius se retrouva face contre le sol, avec sa colère comme seule arme pour lutter contre cette terre qui lui signifiait son dégoût. Il jura et essaya de remonter sur son infidèle monture, mais cette dernière le rejeta, manifestant une sorte de complicité avec la plage, s'unissant à elle pour lui pourrir la vie.

— J'arrive, Julius, le prévint Maïa.

Julius détestait qu'on démontre de la compassion à son égard.

— Je vais t'aider.

Elle se rapprochait.

— Je n'ai pas besoin de ton aide, répondit Julius qui sentait les roues du fauteuil glisser sous ses doigts. Saloperie!

— Calme-toi.

Maïa emprisonna les accoudoirs du fauteuil entre ses mains et remit le véhicule sur ses roues.

— Merde! fit Julius en abandonnant la lutte malgré lui.

— J'ai d'importantes nouvelles.

Maïa agrippa Julius sous les aisselles et l'aida à se réinstaller dans son fauteuil.

— Laisse-moi approcher de la mer et je t'accorderai peut-être le plaisir de me dévoiler ton scoop, dit Julius en balayant ses vêtements du revers de la main pour enlever le sable humide qui s'y était collé.

Maïa comprit qu'elle n'avait pas le choix : elle devait se plier une nouvelle fois aux exigences de son père adoptif.

— Allons-y, fit-elle en appuyant ses mains sur le dossier du fauteuil roulant.

— Ne touche pas à ce fauteuil ! dit Julius avec fermeté.

La jeune femme recula. Elle observa avec tristesse cet homme pour qui elle avait toujours éprouvé une grande admiration. Au départ de son père, Maïa s'était retrouvée seule avec sa mère, Liza. À peine quelques mois plus tard, Liza tombait amoureuse de Julius, le meilleur ami de son mari. Julius alla donc vivre avec la femme et la fillette qu'il considéra vite comme les siennes. Dès lors, Maïa eut un immense respect pour Julius. Elle connaissait presque tout de son nouveau père. Elle savait qu'il avait fait partie des services secrets de Saraçan pendant quelques années avant de rejoindre les Sept Émissaires, aux côtés de Martis, April, June, Iago et Septimo. Maïa, quant à elle, était la plus jeune recrue. Elle fut la dernière à se joindre au commando PALADIN, peu après la disparition de sa mère. Non par choix, mais par nécessité. Bien qu'elle fût la toute dernière recrue, elle n'en occupait pas moins la place du troisième émissaire, titre qui aurait normalement dû revenir à son père.

Maïa fourra ses mains dans les poches de son épais pantalon kaki et se dirigea vers Julius. Celui-ci avait immobilisé son fauteuil à l'endroit où les vagues venaient mourir et semblait satisfait d'avoir enfin vaincu la plage.

— Je voudrais aller nager, dit-il, sachant que Maïa s'approchait.

— Il fait un peu froid, tu ne trouves pas?

— Bien sûr, répondit Julius calmement.

Quelques secondes s'écoulèrent.

— Un an que je suis cloué dans ce satané fauteuil et je ne m'y habitue toujours pas. J'en suis incapable. La rage m'empêche d'oublier. Il n'y a que la mer qui me donne un peu d'espoir.

— Je comprends, fit Maïa.

— Je t'envie de réussir à comprendre. J'aimerais avoir ce pouvoir. Oh oui, la compréhension est un pouvoir que je n'ai pas. Bravo, jeune fille. Alors, quelle est cette importante information que tu souhaitais me transmettre? Vas-y. Je suis tout à fait disposé à t'écouter.

— C'est du sérieux. Les Shattam ont libéré le zharvirus, révéla Maïa avec gravité. Les autres ont besoin de nous, il est temps de se manifester.

Julius hésita.

— Pour contrer la pandémie?

— Pour retrouver Septimo. Il a disparu.

Chapitre 16

Cité de Mirage Sud
Époque : le futur, 28 ans
après le début de l'Apocalypse

— Et alors ? s'enquit Lancaster au retour de Romu. Qu'est-ce qu'il a dit ?

Romu déposa une main amicale sur l'épaule du jeune apprenti.

— Je n'ai pas eu besoin de parler, dit-il.

Lancaster baissa la tête.

— Il est toujours en colère ?

Le mentor secoua lentement la tête, puis lui fit signe de regarder derrière lui. Lancaster jeta un coup d'œil par-dessus son épaule et vit Gregory qui se tenait debout, près du puits. Son ami le salua et d'un geste de la main lui fit signe d'approcher. Lancaster s'exécuta.

— Ton annonce fera une malheureuse dans la maison de mon père, déclara Gregory lorsque Lancaster se trouva face à lui.

— Tu vas le dire à ta sœur ?

— Elle ne t'en voudra pas, car elle t'aime.

— Gregory...

— Tu es mon ami, Lancaster. Jamais rien ne changera cela. Surtout pas une femme. Je me suis laissé emporter. Je n'aurais pas dû.

159

— Mon ami, je ne connaissais pas tes sentiments pour Luna. Peux-tu me croire?

— Bien sûr que je te crois. Je te sais sans malice. Tu es le meilleur homme de Saraçan. Personne ne saurait démentir cela, pas même moi.

Lancaster lui fit l'accolade et le remercia chaleureusement.

— Je repars en paix, mon frère. Nous nous reverrons l'an prochain.

— Si Dieu le veut, répondit Gregory Balthazar en souriant.

Lancaster hocha la tête en silence, puis abandonna son ami et courut vers Romu et Stuart, qui avaient déjà franchi l'enceinte de la propriété.

— Ton problème est réglé? s'enquit Stuart en jetant un coup d'œil amusé en direction de Romu.

— Oui, père, répondit Lancaster. Grâce à notre ami le mage.

— Rappelle-toi que je n'ai prononcé aucune parole, dit Romu.

— Mais peut-être ton silence a-t-il suffi, déclara Lancaster, soulagé et heureux.

Romu acquiesça, étonné par la lucidité du jeune homme. Il lança ensuite au galop Mithra qui obéit sans se faire prier. Lancaster et Stuart les regardèrent s'éloigner à grande vitesse. Le mentor et sa flamboyante monture leur ouvriraient la route.

Ce fut un marchand prospère nommé Vögel qui leur fournit gîte et pitance lors de leur arrivée à Mirage Nord. Vögel était un bon ami de Stuart. Tous deux faisaient du troc depuis plusieurs années déjà; le marchand avait toujours un petit entrepôt à faire construire ou un meuble à faire réparer.

Stuart mettait alors à sa disposition ses talents de forgeron et de charpentier, en échange de quelques sacs de farine. Ce soir-là, Aves, le jeune frère de Vögel, fut aussi convié au repas. Au menu : agneau grillé, fromages et fruits séchés, le tout arrosé du meilleur vin de la région.

Vögel fut le premier à parler.

— Alors, Stuart Bell, comment se portent ta femme et tes autres enfants ?

— Ils vont bien, répondit le forgeron.

— Je suppose qu'ils attendent impatiemment votre retour à Brixen ?

Stuart s'apprêtait à répondre, mais fut interrompu par Aves :

— Pourquoi avoir abandonné ta famille, Stuart ? Pourquoi parcourir ainsi la grande cité de Mirage ?

— Aves ! s'indigna Vögel. Comment oses-tu ? Stuart est mon hôte !

— Laisse, mon ami, intervint Stuart. Je vais répondre à la question de ton frère.

— Tu n'as pas à y répondre, dit Aves. Je sais pourquoi, chaque année, ton fils aîné et toi usez vos bottes sur ce continent.

— Je le fais pour nourrir ma famille, dit Stuart. Je suis un bon forgeron et je me débrouille plutôt bien en menuiserie. Depuis le déclin des technologies, mes talents sont très en demande, ici comme à Saraçan.

— Tu n'aurais pas à traverser l'océan pour arriver à joindre les deux bouts, si les impôts à Saraçan n'étaient pas si élevés !

Un lourd silence s'installa dans la pièce. Une fois de plus, ce fut Vögel qui le brisa.

— Mon frère côtoie beaucoup trop de républicains.

— Il faut libérer notre peuple, rétorqua Aves, qui n'a toujours pas réussi à s'affranchir de la monarchie de Saraçan !

Il se tourna ensuite vers Lancaster.

— Toi, fils de Stuart, tu es jeune. Qu'en penses-tu ? Souhaiterais-tu enfin que des braves se regroupent et chassent du pouvoir le prince de Saraçan ?

Lancaster baissa la tête. Il trempa un bout de pain dans son vin tout en jetant un coup d'œil vers Romu. Par un simple signe, son mentor lui signifia qu'il devait répondre.

« Aie confiance en tes opinions, lui avait dit un jour Romu. Elles sont celles d'un chevalier. »

— Qui est le véritable ennemi ? demanda Lancaster. Je pense que le seul occupant qu'il faut chasser est celui qui pervertit nos cœurs.

Aves sourit. Tout le monde comprit qu'il ne prenait pas son interlocuteur au sérieux.

— Tu parles de Satan ? Et comment peut-on vaincre Satan ?

— Il n'y a qu'une seule façon, répondit Lancaster. Et c'est toujours la même : il faut aimer, de tout son cœur.

Il marqua un temps d'arrêt, puis reprit :

— Si tu en arrives un jour à faire du mal à l'un de tes semblables, c'est que Satan aura gagné et qu'il aura asséché ton cœur.

— L'illustre maison des Centuri fait souffrir les citoyens de Saraçan depuis tant d'années ! s'emporta Aves. Ne le comprends-tu pas ? Pourquoi te cacher derrière ce genre de paroles futiles ? Es-tu un lâche ? Pourquoi ne pas combattre ?

— Un jour, je combattrai, dit Lancaster. Je combattrai les Shattam, mais jamais les Centuri.

— Jamais les Centuri? Même pour sauver ton père? ta mère? tes frères et tes sœurs?

— Même pour me sauver moi-même, répondit Lancaster.

Aves le fixa un moment. Il ne croyait pas à ce qu'il venait d'entendre.

— Tu es fou!

— Tu te trompes, Aves, dit Romu. L'esprit de celui-là n'est prisonnier d'aucune folie.

— Alors, c'est un lâche!

— Sa force et sa puissance dépassent l'entendement, rétorqua le mentor de Lancaster. De quoi aurait-il peur?

— Ça suffit! dit Stuart, qui craignait soudain que Romu n'en dévoile trop.

— Que signifient ces paroles? demanda Aves.

— Que son courage vaut mille fois le tien, répondit Romu.

Le frère du marchand se dressa brusquement et sortit une dague qu'il exposa à la vue de tous.

— Comment oses-tu insulter ainsi un fils de Brixen et de Saraçan?! rugit-il.

Romu était étendu à la gauche d'Aves. Avec un calme qui étonna tout le monde, il prit une grappe de raisins et en détacha les fruits pour s'en nourrir.

— Et toi, comment oses-tu insulter le troisième émissaire? dit-il sans la moindre émotion dans la voix.

— Romu! fit Stuart. N'avons-nous pas convenu de ne rien dévoiler de ta véritable identité?

Romu acquiesça. En avouant être un émissaire, Romu ne mettait pas seulement sa propre vie en danger, mais aussi celle de son jeune apprenti. Ce n'était pas tous les citoyens de Saraçan qui appuyaient les émissaires et leur future entreprise. Bien des gens, encore fidèles à la cité de Mirage et à son régime, dénonçaient leurs projets et allaient jusqu'à souhaiter leur répudiation et même leur mort. Ceux-ci tenaient les émissaires pour responsables de l'Apocalypse.

De nouveau, le silence. Aves brandit sa lame devant Romu.

— Tu es aussi fou que ton ami! lança soudain Aves.

— Je pourrais t'administrer une sévère correction, déclara Romu, mais ce serait manquer de respect à notre hôte, qui est aussi ton frère.

La colère s'empara d'Aves. Il voulut piquer l'épaule de Romu avec sa dague, mais ce dernier fut plus rapide que lui. Romu lui prit la main et, en un vif mouvement de torsion, lui fit lâcher l'arme.

— Sors de ma maison, Aves! s'écria Vögel. Ce soir, tu me fais honte!

Aves inspecta sa main pendant quelques secondes, encore étonné de la rapidité de son adversaire, puis se baissa pour ramasser sa dague.

— Ça risque de se reproduire, cher frère, dit-il.

Aves les observa un à un, avec intensité, comme s'il désirait graver leurs visages dans sa mémoire pour toujours. Il cracha ensuite sur l'agneau grillé qui reposait entre eux et quitta la pièce.

Pendant tout le reste de la soirée, Vögel se confondit en excuses. Le lendemain matin, Stuart, Romu et Lancaster quittèrent le marchand pour reprendre la route. Le voyage entier dura de longs mois. Ils laissèrent Mirage Nord derrière eux et se dirigèrent vers l'océan. Après un court séjour sur la côte est du Canada, ils s'embarquèrent pour l'Europe. La traversée de l'Atlantique nécessita plusieurs jours. Une fois arrivés au port de Saint-Malo, ils reprirent leurs montures. Ils traversèrent la France et la Suisse à cheval, avant d'atteindre l'Autriche. Ils descendirent ensuite vers le sud et pénétrèrent enfin sur les terres appartenant à la principauté de Saraçan.

Ce fut Steven, le cadet, qui les accueillit dans le village de Brixen, ce faubourg de Saraçan où vivaient Stuart Bell et sa famille.

— Maman! Maman! s'écria le petit en apercevant les trois compagnons. Ils sont là! Papa et Lancaster sont de retour!

Alice et les autres enfants accoururent.

— Dieu soit loué, dit-elle en se jetant sur son mari et son fils.

Elle les embrassa tour à tour, puis examina Lancaster.

— Comme tu as grandi, mon fils. Tu es devenu un homme.

— Mère, ça ne fait que quelques mois...

Romu s'approcha de Lancaster et lui donna une tape amicale sur l'épaule.

— Ta mère a raison, petit, déclara le mentor sur un ton moqueur. Ce dix-huitième printemps fait de toi un homme.

— Un homme? fit Lancaster en riant. Ne suis-je que cela?

— En effet, nous supposons tous que tu es beaucoup plus que cela, dit Romu en s'esclaffant à son tour, mais rien ne le prouve encore.

— Ça viendra, reprit Alice en passant une main dans la chevelure de son fils. Dis-moi, comment va Gregory ? Cassandre est-elle toujours amoureuse de toi ?

Stuart et Romu s'éloignèrent précipitamment ; ils ne souhaitaient pas être mêlés à cette discussion.

— Qu'est-ce qu'ils ont ? demanda Alice.

Elle perçut les rires étouffés du forgeron et de Romu.

— Quelque chose ne va pas ?

— On en reparlera plus tard, dit Lancaster en adressant un regard sévère à son père ainsi qu'à Romu. C'est, disons, un peu compliqué...

— Compliqué ? répéta Alice, perplexe.

Les frères et sœurs de Lancaster prirent en charge les bagages des trois voyageurs, et tous marchèrent vers la maison.

— Ah ! l'amour ! lança Romu en tentant de contrôler son envie de rire. Ce n'est jamais simple. Surtout à cet âge.

Alice l'observa un moment. Elle n'avait aucune idée de ce qu'il voulait dire. Que lui cachaient donc ces trois hommes ? Ce fut Stuart qui vint à sa rescousse, sous l'œil réprobateur de Lancaster.

— Ne t'inquiète pas, ma chérie, lui dit-il avant qu'ils ne franchissent tous deux la porte de la maison. Notre fils aîné a fait son choix. Mais je crains que Cassandre ne soit pas l'élue de son cœur.

— Ah ! Non ? fit Alice, ne sachant pas trop si elle devait s'en inquiéter. Qui est-ce alors ?

— Père ! intervint Lancaster.

— Il te le dira lui-même. Allons manger.

Stuart ramenait à sa famille un lot d'étonnantes victuailles.

— Qui est cette femme qui a gagné ton cœur ? demanda Alice à son fils au moment du dîner.

— Elle se nomme Luna, mère. Elle vit au palais de Saraçan.

— Il n'y a pas qu'une seule Luna à Saraçan.

Un large sourire se dessina sur les traits de Lancaster.

— Comme celle-ci, oui.

Alice se figea un instant.

— Ne me dis pas que…

Il fit oui de la tête.

— Oui, c'est bien cette Luna, mère, répondit Lancaster qui avait compris que sa mère faisait allusion à la princesse Luna, la petite-fille de Philippe.

— Je n'y crois pas. Mais comment est-ce possible ? Vous n'êtes pas du même rang social et…

— C'est bien elle, confirma Romu.

Le mentor de Lancaster fut appuyé par Stuart, qui acquiesça silencieusement. Alice servit encore un peu de vin à son fils.

— Tu veux l'épouser ?

Lancaster rougit.

— J'aimerais bien.

— Elle t'aime ?

— Oui.

— Elle te l'a dit ?

Lancaster hocha la tête.

— Tu lui as parlé de toi ? demanda Alice. Tu lui as dit qui tu étais ?

Le jeune homme vida son gobelet d'un trait. L'impatience semblait soudain l'avoir gagné.

— Mais qui suis-je vraiment, mère ?

— Tu le sais très bien, dit la femme d'un ton ferme.

— Un apprenti paladin ? Le septième émissaire ? Pour ça, il me faudrait être pur ! Si vous saviez les pensées qui m'habitent, mère ! Si vous saviez comme mon corps s'enflamme lorsque je songe à Luna ! Je serais prêt à bien des bassesses pour un seul baiser de sa part ! Je subirais déshonneur et lapidation s'il le fallait !

Alice prit la main de son fils. Elle souda son regard au sien.

— Tes pensées sont pour toi, et seulement pour toi. Puissent-elles t'aider à répandre le bien, à le faire proliférer. N'oublie jamais que la mort n'a qu'un seul ennemi : l'amour. C'est ce qui nous a permis, à Stuart et à moi, de surmonter toutes ces épreuves. Ensemble, nous avons vaincu la jalousie haineuse des villageois, la suspicion des vaticinateurs, l'hostilité des légionnaires et, bien sûr, la folie des Shattam.

L'impatience qui s'était manifestée plus tôt chez Lancaster s'était maintenant dissipée.

— Je n'ai pas votre courage.

— Bien sûr que si.

— Qu'attendez-vous de moi ? Quel est mon destin ?

— Le moment venu, tu le sauras.

— Pourrai-je épouser Luna ?

Alice lui adressa un sourire débordant de compassion.

— Je ne sais pas, mon fils, répondit-elle.

CHAPITRE 17

Pierre-et-Lac-de-Mer, France
Jour 1 de l'Apocalypse

Le dîner était prêt. Une chaudrée de palourdes veloutée, accompagnée de petits pains suédois, ceux dont raffolait Maïa. Stanton avait mis des couverts pour deux personnes. Il polissait l'argenterie pour la deuxième fois lorsque Julius pénétra dans la salle à manger en poussant vigoureusement sur les roues de son fauteuil.

— Le dîner est servi, monsieur, fit le domestique de sa voix mélodieuse.

— Bien.

Maïa apparut derrière Stanton. Elle s'installa à table et agrippa un petit pain sitôt qu'elle fut assise.

— Merci, Stanton, dit Maïa.

— Ne me remerciez pas, mademoiselle. Le menu est une idée de monsieur Julius lui-même.

Il disparut à la cuisine.

— Alors merci, Julius, fit la jeune femme en se retournant vers son hôte.

Le domestique revint, portant une soupière en terre cuite d'un blanc lustré. Il la déposa sur la table et servit la chaudrée.

— Bon appétit, dit-il avec son accent typiquement anglais. Je laisse à monsieur Julius le soin de vous présenter le vin, comme d'habitude.

Stanton se retira et Julius remplit les coupes d'un Château-de-Mer, le meilleur vin blanc de la région.

— Allez, Maïa, goûte ce petit bijou, dit-il en levant son verre.

Les coupes s'entrechoquèrent et le vin fut avalé d'un trait.

— Cette fois, allons-y en douceur, fit Julius en remplissant les verres une nouvelle fois. Il faut savourer davantage.

Le dîner se déroula sans problème. Stanton servit le dessert en fin de soirée, une crème brûlée dans la plus pure tradition, puis Julius déboucha une bouteille de porto vieille de vingt ans. Après quelques verres, Maïa commença à montrer des signes de fatigue, et Julius suggéra qu'il était peut-être temps d'aller se coucher lorsqu'on sonna à la porte.

— Il est tard, fit Maïa. Tu attends quelqu'un ?

— Non, répondit Julius.

— Que te disent tes sens ? demanda la jeune femme, qui commençait à s'inquiéter.

Julius sembla se retirer en lui-même. Il hésita quelques secondes, puis dit :

— Je ne sens pas le mal. Non, ce n'est pas du danger. Je dirais plutôt de la peur, de l'appréhension. Va tout de même chercher les armes à la cave.

— Mais qu'est-ce qui se passe ? demanda Stanton en portant son regard à la fois sur Maïa et sur Julius.

— J'y vais. Je reviens tout de suite, dit Maïa.

La jeune fille se hâta de descendre l'escalier et revint quelques instants plus tard avec deux fusils semi-automatiques chargés à bloc et un pistolet 9 mm. La sonnette se fit entendre une nouvelle fois. Stanton attrapa le 9 mm et se dirigea vers le salon. Maïa et Julius armèrent les pistolets.

— Alors, Stanton? cria Julius. Qui est-ce, pour l'amour de Dieu?

— Je vérifie, monsieur, répondit le domestique en scrutant les écrans du système de surveillance.

— Des kereboss? demanda Maïa en serrant le fusil entre ses mains.

— Je ne crois pas.

— Je perçois une présence qui m'est familière, déclara Julius. C'est un homme. Je le connais, ou plutôt, je l'ai connu.

— Tu arrives à voir ce qu'il veut?

— Il désire me parler.

«*Allez, Julius, ouvre cette porte.*»

Julius écarquilla les yeux.

— Je l'entends, il me parle.

«*Oui, je t'entends, mon vieux! C'est moi, Martis!*»

— C'est le chef! dit Julius. Il lit dans mes pensées. Stanton, peux-tu confirmer que c'est bien Martis?

— L'image sur mon écran correspond à la description que nous avons dans nos dossiers, monsieur. Dois-je lui ouvrir?

— Oui.

«*Merci, Julius.*»

Stanton dégagea le mécanisme de verrouillage et ouvrit la porte. Un homme grand et robuste se tenait sous le porche. Il devait avoir le même âge que Julius, soit la quarantaine. D'un pas lent, il

171

pénétra dans le salon, et Stanton dut reculer pour lui laisser l'espace nécessaire.

«*Viens nous rejoindre dans la salle à manger*», dit Julius en lui-même.

— J'arrive, répondit Martis.

«*Les vieilles habitudes ne se perdent pas, Julius*», ajouta-t-il en pensée.

Julius déposa son arme et fit avancer son fauteuil. Cette visite était beaucoup trop précieuse pour être célébrée dans la banalité. Il allait bien sûr devancer Martis et l'accueillir de façon convenable. Maïa resta en arrière, la crosse du fusil bien appuyée sur son épaule, l'index de la main droite caressant nerveusement la détente. Elle ne voulait courir aucun risque, et pointa le canon de l'arme en direction de Martis lorsque celui-ci accéda à la salle à manger. Le premier émissaire leva les mains à la hauteur de la poitrine et afficha un air à la fois surpris et amusé.

— C'est vraiment moi, Maïa. Ne le sens-tu pas?

— Tu devrais poser cette arme, Maïa, suggéra Julius à sa jeune protégée.

Celle-ci décrispa lentement les doigts. Elle fixa Martis pendant quelques secondes, puis relâcha son étreinte.

— Tu peux me faire confiance, Maïa, la rassura Martis.

Il se tourna ensuite vers son ancien complice et lui tendit la main. Julius lui saisit l'avant-bras avec énergie et le serra longuement en signe de reconnaissance.

— Je suis heureux de te revoir, dit Julius.

«*Moi aussi*», répondit Martis en pensée.

Maïa posa le fusil sur la table et contempla les deux hommes qui souriaient béatement comme deux êtres muets communiquant par le regard. Tous les trois finirent par se diriger vers le bureau de Julius. Maïa ferma la porte derrière elle. Julius roula jusqu'à sa table de travail et invita ses deux amis à prendre place dans des fauteuils.

— Je sens la peur à l'intérieur de toi, dit Julius en offrant un verre de porto à Martis.

Celui-ci déclina l'offre, prétextant qu'il reprendrait la route un peu plus tard et qu'il était épuisé.

— Dis-moi, qu'est-ce qui se passe ?

Ce n'était pas vraiment une question. Julius commençait à se douter des raisons qui avaient poussé son vieil ami à traverser l'Atlantique en toute hâte pour venir le voir.

— François, le frère de Philippe, a envoyé Septimo à la recherche de la gamine. Il n'a donné aucun signe de vie depuis.

Julius passa une main dans son épaisse chevelure blonde, puis se frotta le front comme s'il essayait de remettre de l'ordre dans les pensées qui se bousculaient derrière.

— Les détails...

— Tout ce que je sais, poursuivit Martis, c'est que les Shattam ont retrouvé la trace du petit, et qu'il est probablement leur prisonnier. Iago et moi supposons qu'il a été envoyé à Tartarus, tout comme Edmond Dowty, le militaire engagé par Philippe pour infiltrer ReCOV.

— Que comptes-tu faire ?

— C'est à nous de les retrouver, répondit Martis. June et Iago ont retrouvé April à Barcelone.

Nous devons les rejoindre à Berlin cette nuit. Le temps presse.

Berlin ? Vraiment ? Julius n'aimait pas Berlin, et encore moins son aéroport. Cela lui rappelait de mauvais souvenirs qu'il aurait bien aimé chasser de sa mémoire. Il avala le contenu de son verre et le remplit encore une fois de porto. Le liquide ne resta pas longtemps dans la petite flûte. Il alla bien vite réchauffer la gorge de Julius. On cogna soudain à la porte.

— C'est Stanton.

— Que vas-tu lui dire ? demanda Maïa en éloignant la bouteille de porto.

Julius réfléchit.

— Que je dois quitter le pays. Pour toujours.

— Et s'il veut t'accompagner ?

— Son destin est tout autre, répondit Julius avec un léger tremblement dans la voix.

CHAPITRE 18

— Cette maison est une forteresse, Stanton. Tu as supervisé toi-même chacune des étapes de sa construction, de sa transformation. Tu connais tous les secrets de cette villa, tu sais que de nombreux dispositifs la protègent. Il y a des armes à la cave que tu as choisies en personne et dont tu as pris soin avec la plus grande rigueur. Cette maison t'appartient, Stanton, tu en es le maître désormais. Elle est à toi, je te la donne car je ne reviendrai plus ici, j'en suis convaincu.

— Bien, monsieur, fit Stanton.

— Tu ne manqueras de rien. J'ai fait déposer les sommes nécessaires sur ton compte bancaire.

— Merci, monsieur.

Julius attrapa la mallette qui se trouvait sur ses genoux et la tendit à Stanton.

— Voici tous les papiers importants dont tu auras besoin : acte de propriété, polices d'assurances, une copie de mon testament, quelques numéros de téléphone qui pourraient te servir et, bien sûr, la liste complète et détaillée de mes différents placements boursiers ainsi qu'une autorisation signée pour y avoir accès. En fait, cette mallette contient tout ce que Mark Fox et Helen Redford ont pu amasser d'utile pour nous. Je te la transmets. Libre à toi d'en faire ce qu'il te plaira, conclut Julius.

« *Tu es mon ami*, lança-t-il mentalement en espérant que le domestique capte le message. *J'ai confiance en toi, Stanton.* »

— Merci, monsieur. Vous me faites un très grand honneur en me considérant comme digne de votre amitié.

Les pouvoirs télépathiques de Julius étaient assurément revenus. Restait à tester les dons de télékinésie, grâce auxquels les émissaires arrivaient à faire bouger des objets par la seule force de leur volonté. Cette puissance leur venait sans doute de Dieu lui-même, et suscitait une profonde fascination chez Julius. Peut-être pourrait-il en faire l'expérience sur ses jambes. Par la force de son esprit, parviendrait-il à remarcher ? À remettre un peu de vie dans ces deux membres morts, qui s'accrochaient pathétiquement à son corps comme une plante parasitaire à un tronc d'arbre nourricier ?

— Tu y trouveras aussi la procédure qui te permettra de me contacter en cas d'urgence, continua Julius, toujours à l'intention de Stanton.

Le cinquième émissaire fit une pause.

— Méfie-toi du clan Shattam. Ces gens se doutent de notre présence ici, dans la région, mais je ne pense pas qu'ils nous aient réellement repérés, sinon nous serions déjà tous morts. Sois tout de même prudent, ils ont des hommes partout.

Julius s'arrêta une nouvelle fois.

— Je partirai donc cette nuit avec Maïa et Martis. Nous prendrons l'avion pour Berlin et y rejoindrons June, April et Iago, qui nous attendent au lieu de rendez-vous dont je ne peux malheureusement pas te révéler l'emplacement exact.

— Je comprends, monsieur, fit Stanton de sa voix monotone, sans intonation. J'aurais aimé vous accompagner, sachez-le bien.

Julius lui sourit.

— Aide-moi plutôt à remonter sur ma fidèle monture, dit-il.

Stanton déposa la mallette sur la céramique du plancher et approcha le fauteuil roulant. Il souleva doucement les jambes de son employeur lorsque celui-ci glissa de la chaise au fauteuil.

— Me revoilà en selle. Allons préparer mes bagages.

CHAPITRE 19

VILLE DE BRIXEN, FAUBOURG DE SARAÇAN
ÉPOQUE : LE FUTUR, 28 ANS
APRÈS LE DÉBUT DE L'APOCALYPSE

— Pourquoi avoir juré de me protéger ? demanda Lancaster.

— Parce que tu es important, répondit Romu. Et que je devais te former.

Le mentor et son protégé revenaient de la pêche. Six gros poissons remplissaient leurs sacs.

— Tout le monde pense que je suis important, dit Lancaster sur un ton affligé.

— Et alors ? Bien des gens aimeraient être importants.

— Quelle est ma valeur ? Pourquoi ai-je droit à la protection d'un homme tel que vous, alors qu'il y a tant de souffrance dans ce pays, tant de faibles qui sont exploités, battus, et même tués ? Vous pensez tous que je suis le septième émissaire. Et si vous vous trompiez ? Souvenez-vous : des centaines de jeunes enfants sont morts à cause de moi. Les Shattam les ont fait assassiner parce qu'ils craignaient mon avènement !

— Tu ne peux pas juger de ce que tu ne connais pas. Aucun homme ne le peut.

— Comment peut-on sacrifier des centaines d'existences pour empêcher la venue d'un seul homme? Mon ami, répondez-moi: suis-je important à ce point?

— Je le crois, oui.

Lancaster secoua la tête, puis accéléra le pas.

— C'est de la folie.

— Petit, attends.

Lancaster ne se retourna pas.

— Laissez-moi, Romu.

— Des centaines d'enfants ont eu la gorge tranchée, oui, c'est vrai, déclara Romu. Ce sont autant d'âmes qui ont été rappelées auprès du Père. Mais qui te dit que ces âmes ne se sont pas offertes elles-mêmes en sacrifice?

Lancaster s'arrêta.

— Tout cela est si confus, dit-il. Je ne comprends pas.

Le mentor vint rejoindre son jeune apprenti et posa une main sur son épaule.

— Personne ne comprendra jamais, fils. Mais est-ce si grave?

Plus tard, Lancaster se retira dans la chambre de ses frères. Il enleva ses bottes et s'assit en tailleur sur sa paillasse. Une fleur séchée était posée à côté de lui. Il la prit doucement dans sa main et l'examina. Elle n'avait rien de bien particulier.

— Enflamme-toi! s'écria-t-il soudain en fixant ses yeux sur la petite fleur.

Rien ne se passa. Il inspira profondément. L'intensité de son regard décupla.

— Feu! lança-t-il, avec davantage d'énergie cette fois.

Toujours rien. Il s'emporta:

— Brûle ! Consume-toi ! Que les flammes te dévorent ! !

Aucune réaction. Lancaster grogna, puis jeta la fleur dans un coin de la chambre.

— Je n'y arriverai jamais, maugréa-t-il pour lui-même.

— Pas de cette manière, tu as raison, dit la voix de Stuart.

Le jeune apprenti paladin se retourna et vit, par la porte ouverte, son père qui l'observait depuis l'autre pièce.

— Comment dois-je m'y prendre alors ?

Le forgeron vint rejoindre son fils et prit place à ses côtés sur le lit.

— Le temps n'est peut-être pas encore venu, lui dit-il. Tu es encore jeune...

— Je suis un homme, père, rétorqua Lancaster, offusqué.

Un sourire illumina le visage aux traits agréables de Stuart Bell.

— Bien sûr que tu es un homme. Mais peut-être n'es-tu que cela en vérité... pour le moment, j'entends.

Lancaster comprit ce que son père voulait dire et fut forcé d'acquiescer.

— Quand viendra donc le jour où je serai enfin investi de ma mission ?

— Dieu seul peut te répondre.

— Et s'il ne le fait pas ?

— Alors, je suppose que tu le découvriras par toi-même.

— Pour cela, il me faudrait posséder le don de prescience.

— Des dons, tu en possèdes déjà plusieurs, mon fils.

Il y eut un silence, puis Lancaster reprit :

— Crois-tu que j'hériterai des mêmes pouvoirs que les six autres ? J'aimerais pouvoir voler, comme les oiseaux. Ou respirer sous l'eau, comme les poissons.

— Ou faire s'enflammer des fleurs séchées par la seule force de ta volonté, ajouta Stuart en riant.

Lancaster se revit en train de fixer la fleur, espérant qu'elle prenne feu à son commandement. Le ridicule de la situation lui donna soudain envie de rire. Une demi-douzaine de petits visages curieux apparurent dans l'embrasure de la porte. Il ne fallut pas longtemps pour que le reste de la maisonnée se regroupe autour du forgeron et de son fils aîné.

— Que se passe-t-il donc ici ? demanda Alice en pénétrant à son tour dans la chambre.

— Mais rien, dit Stuart en essayant tant bien que mal de contrôler son fou rire.

— Mère, demanda Lancaster, connais-tu un bon moyen de faire flamber des fleurs séchées à distance ?

Stuart s'esclaffa à nouveau et fut aussitôt imité par Lancaster, ainsi que par les plus jeunes qui, sans savoir pourquoi ils riaient, se laissaient volontiers contaminer par l'hilarité générale.

CHAPITRE 20

AÉROPORT INTERNATIONAL
DE BERLIN-SCHÖNEFELD
ALLEMAGNE
JOUR 2 DE L'APOCALYPSE

— Nous y sommes, dit Martis en sortant de l'aérogare en compagnie des autres émissaires.

Ils observèrent le ciel voilé, dépourvu d'étoiles. La nuit était noire, profonde. *D'ici quelques heures*, songea Martis, *le petit matin nous fera ses salutations*. Même en pleine nuit, il y avait beaucoup de circulation à l'aéroport Berlin-Schönefeld. Plusieurs passagers en provenance d'Amsterdam et d'Istanbul venaient de débarquer, tout comme eux, et plusieurs autres s'apprêtaient à prendre des vols pour Moscou ou pour Athènes. Maïa tapa affectueusement sur l'épaule de Julius et s'éloigna de lui. Elle avait poussé le fauteuil depuis le débarcadère, mais elle comprit que son ami désirait maintenant se débrouiller seul.

— Cet endroit est tout aussi dangereux que lorsque nous l'avons quitté, fit remarquer Julius en s'engageant seul sur le trottoir. Je sens toujours la présence des kereboss.

— Moi aussi, ajouta Maïa. Mieux vaut ne pas tarder. Sans armes, nous ne résisterions pas longtemps.

— Tu as raison, dit Martis. L'endroit n'est pas sûr. Iago, June et April devraient nous attendre à la planque. Si tout s'est bien passé pour eux, évidemment. Je prends les bagages, ajouta le premier émissaire. Occupez-vous du taxi.

La voiture jaune s'arrêta devant eux. Une odeur de cigare s'échappa du véhicule lorsque Maïa ouvrit la portière. Le chauffeur, un petit homme chauve, quitta son siège et contourna le véhicule pour offrir son aide à ces gens qu'il prenait pour des touristes.

— Vous avez besoin d'aide avec...

Il hésita.

— Je veux dire... avec ce fauteuil roulant ? Peut-être avec les bagages ?

— Non, merci, dit Julius sur un ton ferme.

Visiblement offusqué par les manières hautaines du type en fauteuil roulant, le chauffeur n'insista pas et alla se réinstaller derrière son volant.

— Dépêchons-nous, dit Martis, le temps presse.

« *Bon sang, les voilà !* » lança une voix, juste avant que les trois émissaires n'entrent dans le taxi. Ces paroles ne venaient pas d'eux, pourtant elles résonnèrent dans leur esprit comme un coup de gong. Les deux hommes et la femme se raidirent et cessèrent tout mouvement.

— Vous avez capté ça ? demanda Julius en se retournant.

« *Il faut se dépêcher...* »

— Quelqu'un parle de nous, affirma Maïa qui scrutait déjà l'épaisseur de la nuit. C'est bien de nous qu'il s'agit, n'est-ce pas ?

« *Ils nous ont vus ! Ils sont là : Julius, Maïa et Martis ! Enfin !* »

— Oui, dit Julius. Ils arrivent. Préparez-vous.

Deux hommes de grande stature se démarquèrent soudain des quelques passants et des voyageurs qui rentraient au bercail. Leurs pas, d'abord rapides, se firent plus lents. Ils avançaient avec prudence, redoutant sans doute un affrontement avec les trois émissaires.

— Sonde-les, ordonna Martis à Julius.

Ce dernier se concentra alors sur les deux hommes et tenta de pénétrer leurs pensées. «*Bonjour, messieurs*, lança-t-il. *Nous vous demandons de bien vouloir vous identifier, sans quoi nous serons dans l'obligation de vous faire du mal. Soyez certains que nous ne souhaitons pas en arriver là.* »

Les deux inconnus s'immobilisèrent et obéirent à la consigne sans broncher, ce qui étonna Julius. Normalement, les gens réagissaient assez mal lorsqu'on prenait possession de leur cerveau. Jusqu'à ce jour, il n'avait jamais été témoin d'une réaction de ce genre.

«*Difficile de s'y faire*, dit le plus jeune des deux hommes en pensée. *Je n'apprécie pas particulièrement ces intrusions. Vos amis nous ont joué le même tour. Mon nom est Peter. Kevin et moi sommes des amis de Iago. Nous venons vous accueillir. Nous sommes dignes de confiance, croyez-moi sur parole.* »

Julius se fondit en eux, se laissant glisser dans leur corps, revêtant leur âme comme un gant.

— Que fait-il ? demanda celui qui se nommait Kevin.

«*Calmez-vous. Je ne fais que m'investir de votre nature* », leur expliqua Julius.

185

Il y eut un silence dans l'esprit de Kevin. «*Vous avez raison*, reprit Julius après un court instant. *Nous pouvons vous faire confiance.*»

Tout le monde sembla en être soulagé.

— Vous avez entendu? fit Julius en s'adressant à Maïa et à Martis.

— Bien sûr, répondit Martis. Allez, approchez!

Les deux jeunes hommes se consultèrent du regard, puis approuvèrent finalement d'un signe de tête. Ils s'avancèrent vers les émissaires avec une nouvelle assurance.

Des hommes courageux, songea Julius.

— Heureux de vous rencontrer, dit Peter en tendant la main.

— Je suis Martis.

— Julius, et elle, c'est Maïa.

Tour à tour, ils serrèrent la main aux deux hommes.

— Une limousine vous attend, intervint Kevin. À cette heure de la nuit, il est toujours préférable de voyager avec des amis. Nous y serons beaucoup mieux pour discuter. Je m'occupe de vos bagages.

— Suivez-moi, fit Peter.

Le chauffeur du taxi se précipita hors de son véhicule et les interpella:

— Hé! Mais qu'est-ce que vous foutez!? Je vous attendais, moi! Non mais! Je ne peux pas le croire! Putain de touristes!

Julius tourna la tête et fixa le chauffeur avec lassitude.

«*Dégage, connard...*»

Le petit homme recula, à la fois surpris et terrifié par cette voix qui avait soudainement résonné dans son esprit. Il en perdit l'équilibre et alla percuter la portière encore ouverte. Il s'engouffra ensuite dans l'habitacle et démarra en trombe.

La limousine s'avança. Julius salua le chauffeur et lui expliqua qu'il devait le sonder avant leur départ de l'aéroport. L'homme accepta sans hésitation, ce qui prouvait qu'il n'en était pas à son premier contact avec les membres du commando PALADIN. En effet, Julius détecta les traces du passage de Iago dans la mémoire de l'homme. Ce dernier se nommait Ulric, et après s'être imprégné de son être tout entier, Julius en conclut qu'il était habité par la même loyauté que les deux autres, et donc, tout aussi fiable.

Maïa, Martis et Julius prirent place sur les larges banquettes de la limousine, aussitôt imités par leurs hôtes. Peter referma la portière derrière eux. Julius jeta un coup d'œil en direction de Peter et de Kevin avant d'aviser le minibar et d'attraper une bouteille de cognac. Il l'ouvrit et engloutit une solide gorgée à même le goulot.

— Vous en voulez?

Personne ne répondit. Le chauffeur abaissa alors la vitre qui l'isolait de ses passagers.

— Une voiture s'approche! cria-t-il. Une Acura, et elle est rapide!

« *Danger!* » pensa Julius.

Martis et Maïa l'appuyèrent du regard. Un énorme choc s'ensuivit et les cinq passagers furent tous projetés vers la droite de l'habitacle. Julius fut éjecté de la banquette et se retrouva coincé entre les mollets de Martis.

— Accélère, Ulric! ordonna Peter qui tentait de reprendre son équilibre.

187

— Cette limousine peut-elle résister aux tirs d'armes à feu? demanda Martis.

— Nous n'avons malheureusement pas les mêmes moyens que les frères Shattam, avoua Peter.

— Merde!

Un autre choc. Cette fois, Ulric redressa la voiture avec beaucoup plus de difficulté. Ce que Martis avait craint se produisit; une pluie de balles traversa les deux portières gauches du véhicule. Julius se concentra sur les premiers projectiles mais n'arriva pas à les faire dévier de leur trajectoire. Un an auparavant, ses dons lui auraient certes permis d'empêcher cette rafale meurtrière ou, à tout le moins, de la détourner de sa cible. Mais depuis qu'il avait perdu puis retrouvé son pouvoir, certaines de ses habiletés semblaient se montrer capricieuses, et cela n'avait cessé de l'inquiéter. Julius n'en avait pas parlé à Maïa, mais il commençait à croire qu'il était peut-être trop vieux pour être d'une quelconque utilité. Septimo et la gamine devraient désormais compter sur une bande d'impotents pour les tirer indemnes de cet endroit où ils étaient retenus prisonniers. *Tout cela arrive beaucoup trop vite*, se dit Julius. *Nous n'aurons pas le temps de nous préparer convenablement.*

Une autre rafale. Cette fois, quelques balles atteignirent Kevin qui s'était retrouvé en première ligne après la seconde secousse. Son corps tressauta sous les impacts. *Au moins une dizaine*, calcula rapidement Julius. *Il ne s'en sortira pas.*

— Arrêtez la voiture, Ulric! cria Martis.

— Quoi? Vous êtes fou?

— Arrête cette putain de voiture ! renchérit Julius. Nous n'avons rien pour nous défendre ! Il faut sortir de ce cercueil roulant, sinon on va tous y rester !

La limousine ralentit.

— Ils foncent sur nous !

— Ils seront bien obligés d'arrêter, dit Julius.

La collision fut décisive. La limousine quitta la route, alla percuter violemment un réverbère, puis s'immobilisa. Un bruit de crissement de pneus se fit entendre et une autre vague de projectiles pénétra l'habitacle. Martis fut touché, ainsi que Peter. Julius roula par terre, entraînant avec lui Maïa qui croyait avoir été blessée à une jambe sans toutefois ressentir aucune douleur.

Encore des coups de feu. Ils perçurent les gémissements d'Ulric, puis plus rien. Quelques secondes s'écoulèrent. Cinquième rafale. Le sang d'un des hommes gicla.

CHAPITRE 21

Ville de Brixen, faubourg de Saraçan
Époque : le futur, 28 ans
après le début de l'Apocalypse

Stuart ne lui asséna qu'un seul coup sur la mâchoire. L'étranger roula sur le sol. Un nuage de poussière s'éleva autour de lui.

— Je vais te faire ravaler tes paroles ! rugit-il en empoignant la tunique de l'homme.

— Père ! Arrête ! le supplia Lancaster en accourant sur les lieux de la bagarre.

Romu s'interposa entre Stuart et l'homme.

— Ça suffit ! dit-il au forgeron en le forçant à reculer.

Stuart continuait de menacer l'étranger.

— Je te couperai la langue si jamais tu profères encore de telles paroles !

L'homme essuya le sang au coin de sa bouche.

— Tout le monde sait que ta femme a mis au monde un émissaire, dit-il en crachant par terre. Il te faudra bien l'admettre un jour !

Stuart voulut se jeter sur l'homme, mais Romu le retint.

— Ta langue est fourchue comme celle d'un serpent ! dit Romu en fustigeant l'homme du regard. Tu es un citoyen de Mirage, n'est-ce pas ?

Il tenait fermement Stuart qui se débattait comme un dément pour échapper à sa prise.

— Je ne pourrai le retenir encore bien longtemps, continua Romu à l'intention de l'étranger. Il va t'arracher les yeux.

L'altercation avait attiré la curiosité des passants. Plusieurs d'entre eux s'étaient arrêtés pour observer la scène.

— Sa femme a mis au monde un émissaire ! s'écria l'homme en s'adressant à ceux qui s'étaient rassemblés autour d'eux.

— Qu'as-tu contre les émissaires ? demanda Romu. À ta place, je prierais pour qu'il ne leur arrive rien !

— Je demeure fidèle à la cité de Mirage, rétorqua l'autre. Appuyer les émissaires est un acte de trahison ! Mais ce n'est pas ton affaire, étranger !

— En effet, ceci n'est pas mon affaire, répondit Romu. Mais ce n'est pas davantage la tienne, pas plus que la vôtre ! ajouta-t-il en s'adressant cette fois aux badauds.

— Mes parents sont des gens honorables, dit Lancaster. Voilà qui est suffisant !

— Non, ce n'est pas vrai ! le contredit un autre homme. C'est la faute des émissaires et de leurs géniteurs si nous avons dû faire face à l'Apocalypse et à cette guerre entre Mirage et Saraçan !

— Tu te trompes, idiot ! cria une voix dans la foule. Stuart et sa femme méritent le respect !

— Il a raison !

Les premières manifestations d'appui aux membres de la famille Bell furent suivies de plusieurs autres.

— Cessez d'importuner ces gens !

— C'est grâce à eux si la principauté a survécu !

Des murmures d'approbation se firent entendre parmi les passants ; le vent avait tourné. Stuart sembla se détendre. Romu relâcha sa prise et entraîna le forgeron vers la place du marché.

— Viens, père, dit Lancaster. C'est terminé.

Les trois hommes s'éloignèrent lentement du groupe de passants qui finirent par se disperser. Cette échauffourée indiquait qu'il était temps pour eux de quitter Brixen et de partir pour le palais de Saraçan. On les avait convoqués là-bas pour divers contrats de réfection. Pour sa part, Lancaster ne pensait qu'à une chose : revoir Luna. Il lui tardait de lui tenir la main, de sentir son doux parfum, d'échanger avec elle des regards amoureux. Peut-être lui accorderait-elle un autre baiser ? Oui, ce seul espoir valait à lui seul toutes les affres du voyage.

Cette fois, Stuart avait décidé que Julian les accompagnerait. Il était temps d'en faire un apprenti forgeron, et peut-être même un menuisier, tout comme son frère aîné. Julian avait poussé un cri de joie en l'apprenant. Prendre la route avec son père et son frère signifiait qu'il était enfin devenu un homme. Ils convinrent tous de partir à l'aube du prochain jour. Pendant le dîner, Stuart et Romu promirent à Alice de garder un œil sur Lancaster et Julian (en particulier sur Julian, qui s'intéressait beaucoup trop aux jeunes filles, selon sa mère). Julian avait bien sûr protesté, mais n'avait réussi à convaincre personne. Il demanda néanmoins à Lancaster si Luna avait une sœur cadette, mais la seule réponse qu'il obtint fut un regard sévère de la part de sa mère.

Le jour ne tarda pas à poindre. Alice embrassa tendrement ses deux fils avant le départ et leur dit qu'elle les aimait du plus profond de son cœur.

— Je prendrai soin de papa et de Julian, lui glissa Lancaster à l'oreille avant de l'embrasser à son tour.

Il savait que cela la rassurerait. Elle lui faisait confiance.

Stuart ouvrit la marche, comme chaque fois que ses compagnons et lui quittaient Brixen pour aller travailler dans les villes avoisinantes, ou encore sur « l'autre continent », comme ils appelaient parfois la cité de Mirage. Stuart était suivi de Julian, Romu et Lancaster. Ils firent un dernier signe à Alice et aux autres membres de la famille avant de bifurquer vers la route du marché qui menait hors du faubourg de Brixen et s'étendait jusqu'à la principauté de Saraçan.

Ils passèrent deux semaines chez un cousin de Stuart, pour l'aider à dresser la charpente de sa première maison, puis reprirent la route. Ils firent halte dans quelques faubourgs de la périphérie, San Leonardo, Selva et Naz, afin d'y effectuer quelques petits boulots, avant d'arriver enfin à Saraçan. Le voyage avait duré près d'un mois, au grand dam de Lancaster.

— Nous y voilà, dit Romu en lui jetant un regard en coin pour observer sa réaction.

Le mentor arrivait à ressentir la fébrilité qui animait son jeune protégé. Lancaster ne se contenait plus ; il sentit son cœur s'emballer lorsque les premières habitations de Saraçan apparurent à l'horizon. Il se demanda à ce moment si Luna était aussi impatiente que lui de le revoir, si elle envisageait leurs retrouvailles avec le même enthousiasme. Le doute s'empara de lui l'espace d'un instant; tout son corps en frémit.

— Est-il réellement possible d'être épris d'une femme à ce point? lança Julian qui observait son frère avec amusement. Regardez-le: si ça continue comme ça, il va finir par déchirer sa chemise et implorer la miséricorde de Dieu.

Lancaster le fusilla du regard.

— Qu'est-ce que tu as dit?

Julian prit un air de défi.

— J'ai dit que...

— Ça suffit, les garçons! intervint Stuart. Julian, demande pardon à ton frère aîné.

— Quoi? Mais...

Romu tentait de contenir un éclat de rire.

— Julian!

— D'accord, d'accord.

Il se tourna vers Lancaster.

— Je te demande pardon, dit-il sur un ton qui permettait de douter de sa sincérité.

Lancaster hocha la tête pour signifier qu'il acceptait les excuses de son frère. Julian attendit que Stuart se fût éloigné, puis adressa une grimace à son aîné qui en profita pour accélérer le pas et passer devant. Luna savait qu'il arrivait aujourd'hui: il le lui avait écrit. Le jeune homme se précipita donc à l'endroit où tous les deux se donnaient habituellement rendez-vous lorsqu'il était de passage à Saraçan, une maison qui appartenait à la servante de Luna. La dame acceptait de la prêter à sa maîtresse afin qu'elle puisse y rencontrer en secret son amoureux.

La porte était ouverte. Lancaster jeta un coup d'œil à l'intérieur. La pièce semblait vide.

— Il y a quelqu'un ?

Il entendit des bruits de pas.

— Qui est là ? demanda une voix de femme.

Il se racla la gorge.

— C'est Lancaster.

— Lancaster ? fit la voix.

— Euh... Lancaster Bell, précisa-t-il.

Une silhouette féminine se dessina à travers l'unique rayon de soleil qui éclairait l'intérieur de la maison.

— Allez, entre, dit la femme.

Lancaster obéit. Il passa le seuil et s'avança vers la femme.

— Ton père est avec toi ?

— Non, répondit Lancaster. Euh... Je suis venu pour voir Luna...

Il put enfin associer un visage à la silhouette ; c'était Elsa, la servante de Luna.

— Luna ne viendra pas.

Le jeune homme n'était pas certain d'avoir bien compris. Il sentit son estomac se nouer.

— Vous dites qu'elle ne viendra pas ?

— Elle vit maintenant à Mirage Sud, l'informa Elsa, avec son mari. Tu n'es pas au courant ?

Son mari ? Non, ce n'était pas possible. Elle devait se tromper.

— Vous parlez bien de...

Cette annonce l'avait sévèrement perturbé ; il n'arrivait plus à rassembler ses idées.

— Vous parlez bien de Luna... la petite-fille de Philippe ?

Elsa sourit avant de lui répondre.

— Oui, c'est bien d'elle que je parle. Difficile de se méprendre, non ?

Lancaster sentit monter en lui une vague de chaleur oppressante. La pièce se mit à tourner autour de lui. Ses genoux défaillirent et il dut rapidement prendre appui sur l'une des poutres de la charpente pour ne pas s'effondrer. Elsa tenta de lui venir en aide, mais il lui fit signe de s'éloigner.

— Qu'est-ce qui se passe, mon garçon ? lui demanda-t-elle, affolée.

Lancaster balbutia quelque chose qu'elle ne comprit pas.

— Ça ne va pas ? Tu as mal quelque part ?

Il secoua la tête.

— Parle, mon garçon ! Parle donc !

— Je... Je ne comprends pas...

— Quoi, qu'est-ce que tu ne comprends pas ?

— Elle ne m'a pas attendu... Pourquoi ne m'a-t-elle pas attendu ?

Elsa courut jusqu'à la cuisine et revint avec un pichet d'eau fraîche qu'elle venait d'aller remplir au puits. Elle en donna un peu à Lancaster qui avala à petites lampées. L'eau lui fit du bien. Il reprit peu à peu le contrôle de son corps. Les étourdissements diminuèrent et il put de nouveau se tenir sur ses jambes.

— Ça va mieux ? lui demanda Elsa.

Il fit signe que oui. Mais son visage était toujours aussi défait.

— Où habite-t-elle ?

— Tu parles de Luna ?

— Où habite-t-elle ? répéta-t-il.

— Je te l'ai dit : depuis peu, elle vit à Mirage Sud.

Elsa recula d'un pas. Le jeune homme commençait à lui faire peur. Lancaster se tourna alors vers elle, le regard gorgé de tristesse.

— Depuis quand ?

— Un mois et demi, tout au plus, répondit la servante. Elle a fait le voyage à bord du jet privé de son grand-père.

Lancaster se rappela soudain que la principauté de Saraçan disposait encore de pétrole, tout comme la cité de Mirage. Il hocha la tête.

— Alors que je revenais en bateau, elle a pris l'avion pour se rendre à Mirage. Elle a... Elle a probablement survolé le navire sur lequel j'étais embarqué.

Le garçon s'arrêta une seconde, puis reprit :

— Son cœur... c'était pourtant à moi qu'elle l'avait donné.

Elsa fronça les sourcils. Elle ne comprenait pas. Que voulait-il insinuer au juste ? Que Luna et lui s'étaient secrètement fiancés lors de son dernier voyage ? Si c'était le cas, sa maîtresse n'en avait parlé à personne.

— Avec qui s'est-elle mariée ? demanda Lancaster.

Il ressentit l'hésitation qu'éprouvait la femme.

— Je ne lui veux aucun mal, dit-il pour la rassurer.

Devait-elle lui révéler le nom du mari de sa maîtresse ? Elsa n'était pas certaine que c'était la bonne chose à faire, mais elle se dit que ce pauvre garçon n'avait pas l'air bien méchant après tout et que cela l'aiderait peut-être à se faire une raison.

— Elle a épousé Gregory Balthazar, déclara-t-elle finalement.

Lancaster eut l'impression qu'on venait de lui enfoncer un poignard dans le cœur. Gregory ? Son ami ?

— Gregory de Mirage Sud ? fit-il, incrédule.

Elsa hocha lentement la tête. Sur le coup, elle s'en voulut d'avoir acquiescé. Ne venait-elle pas de lui indiquer où habitait Luna ?

— Vous en êtes certaine ?

Cette fois, elle hésita à confirmer. Elle se contenta de hausser les épaules. Lancaster soupira, puis se dirigea vers la sortie, visiblement abattu.

— Mon garçon ? fit Elsa avant qu'il ne passe la porte.

Il se retourna et la fixa d'un regard terne.

— Ça va aller ? lui demanda-t-elle.

Il baissa les yeux un instant, puis les releva. Il adressa un sourire forcé à la femme et quitta la maison sans un mot.

Les poings serrés, les traits graves, Lancaster marcha d'un pas lourd et décidé. Il passa devant Romu sans le saluer. Le mentor, surpris, se leva et suivit le jeune homme jusque chez le commandant Utah, un ami de Romu, qui leur avait offert le gîte pendant tout leur séjour à Saraçan. Lancaster débarqua dans l'arrière-cour.

— Je dois repartir, dit-il.

Stuart releva la tête.

— Repartir ? On vient d'arriver.

— Je dois me rendre à Mirage Sud, père.

— J'ai besoin de toi pour le boulot. On commence dès ce soir. J'ai loué la forge du vieux Morella. Il a pris sa retraite le mois dernier et…

— Tu as Julian, le coupa Lancaster.

Stuart dévisagea son fils en silence.

— Dis-moi, fils, quelle est la raison de cette soudaine précipitation ?

Romu apparut à son tour dans la cour.

— Affaires de cœur, lança-t-il. J'ai bien deviné ?

Lancaster acquiesça à contrecœur.

— Luna … Luna s'est mariée, révéla Lancaster entre ses dents serrées.

C'était la première fois que Stuart percevait autant de colère chez son fils. Cela le troubla. Il avait la désagréable impression d'avoir un étranger en face de lui.

— Je croyais qu'elle t'attendait, dit le forgeron.

— C'est ce que je croyais aussi, répondit Lancaster.

— C'est Gregory, n'est-ce pas ? fit Romu en s'approchant des deux autres.

— Je ne sais pas ce qui s'est passé, dit Lancaster en soupirant, mais je vais le découvrir bientôt, faites-moi confiance.

— Mon fils, tu m'inquiètes, dit Stuart. Essaie de reprendre ton calme…

— J'aurai tout le temps de reprendre mon calme pendant le voyage jusqu'à Mirage Sud. Je pars demain à l'aube.

— Je t'accompagne, fit Romu.

— J'ai besoin de toi ici, Lancaster, protesta Stuart.

— Julian t'aidera, répondit sèchement Lancaster. Il vous suffira de venir nous rejoindre lorsque votre travail ici sera achevé.

Stuart resta sans voix. Jamais Lancaster ne lui avait parlé de cette façon. Il ne pouvait laisser passer un tel affront.

— C'est ainsi que tu t'adresses à ton père ?

Lancaster le toisa d'une façon qui fit frémir Stuart. Ce dernier n'aimait pas ce qu'il voyait dans les yeux de son fils ; son regard semblait dire : « Détrompe-toi, vieil homme, tu n'es pas mon père ! »

— Mon meilleur ami a épousé la femme que j'aime, père, dit Lancaster.

Il regarda autour de lui, puis revint à Stuart.

— Je ne vous serai d'aucune utilité tant que je ne saurai pas ce qui s'est passé, dit-il sur un ton plus conciliant. Tu comprends ?

Stuart fut forcé d'admettre que Lancaster avait peut-être raison : comment aurait-il pu accomplir efficacement son travail dans ces conditions ? Un forgeron avait besoin de toute sa concentration. N'avait-il pas lui-même été fortement ébranlé le jour où il avait appris, par l'entremise d'un livre d'histoire, que la jeune Alice, sa future épouse, deviendrait plus tard la génitrice du septième émissaire ?

— Ne fais rien que tu pourrais regretter, dit-il à Lancaster, lui donnant ainsi son assentiment.

— N'aie pas peur, Stuart, le rassura Romu. Il ne lui arrivera rien de fâcheux tant que je serai à ses côtés.

Stuart acquiesça, car c'était vrai : Romu, le mentor, le maître, l'émissaire, veillerait sur Lancaster, comme il l'avait toujours fait d'ailleurs, et ce, depuis le jour de sa naissance. « Parce qu'il me faut protéger ton fils et l'éduquer, avait expliqué Romu lors de leur première rencontre. Tu sais qui il est, et tu connais son importance. Il a été choisi, comme l'indiquent les livres d'histoire. Moi aussi, j'ai été choisi il y a longtemps. Choisi pour faire de ton fils... le septième émissaire. »

CHAPITRE 22

— Impossible de les ouvrir ! s'écria Peter qui essayait désespérément de dégager les portières. Elles sont bloquées !

D'un violent coup de coude, Martis réussit à casser une des vitres. La seule issue possible.

— Allez, allez, allez !

Il se faufila par la fenêtre, puis agrippa Peter par les aisselles et le tira rapidement à l'extérieur, du côté droit. Les hommes dans l'Acura continuaient de vider leurs chargeurs sur le flanc gauche de la limousine. Grâce à ses bras puissants, Julius réussit à se hisser hors de la voiture. Ne pouvant utiliser ses jambes pour assurer l'atterrissage, il bascula vers le sol. Quelques projectiles le frôlèrent. Redoutant l'impact, Julius utilisa son épaule pour amortir le choc. Il se traîna ensuite péniblement jusqu'à l'arrière du véhicule, espérant avoir une meilleure vue sur les agresseurs. Il s'aida de ses coudes et de ses avant-bras pour ramper jusqu'à la roue. Utilisant le large pneu comme bouclier, l'émissaire observa les tireurs. Il décela trois ombres à l'intérieur de la voiture sport, probablement des hommes de L & L

employés par les Shattam. Ils étaient toujours installés confortablement dans l'Acura et continuaient
de faire feu avec un zèle qui lui parut pour le moins
excessif. Julius regarda autour de lui : l'endroit parfait pour une embuscade. Derrière eux, un champ
qui s'étendait à perte de vue. Quelques maisons
sur la droite. Aucun signe de vie à l'intérieur de ces
bâtiments. La seule lumière provenait du réverbère
qui s'était tordu sous l'impact.

Ne me manque plus qu'un regard, pensa-t-il. *Un
seul regard et je vous prendrai dans mes filets.*

Un bruit, à sa droite. Martis avait réussi à
sortir Kevin du véhicule et se retrouvait accroupi
auprès du jeune homme.

— Il est mort, murmura Martis.

— Je sais, répondit sèchement Julius.

Peter roula sur le dos.

— Ce n'est pas possible, gémit-il. Regardez-moi,
merde ! Je pisse le sang !

— Comme nous tous, lui fit remarquer Martis
en grimaçant de douleur.

— Et Maïa ?

— Elle arrive, Julius. La voilà.

Maïa s'éjecta de la limousine et tomba sur le dos.

— Putain !

Les tirs avaient cessé. L'Acura passa rapidement
en marche arrière, et Julius comprit que les hommes
de L & L se doutaient de quelque chose.

— Ils nous ont vus, expliqua-t-il à ses camarades.
Ils viennent vers nous.

— Nous ne pourrons pas nous cacher derrière
cette voiture éternellement, affirma Martis. Ils vont
nous contourner.

— Il n'y a pas de policiers dans ce foutu pays ? lança Maïa d'une voix torturée.

— Il est quatre heures du matin, répondit Julius. Tout le monde dort à cette heure, en particulier ces connards de flics !

L'Acura s'immobilisa et cessa de cracher son lourd bourdonnement. On avait coupé le moteur. Ventre à terre, Maïa se dépêcha de rejoindre Julius.

— Alors ? lui demanda-t-elle.

— À mon avis, le conducteur attendra à l'intérieur de la voiture. Les deux autres viendront inspecter les lieux. Il faudra agir vite. Je prends le premier, tu t'occupes de l'autre.

— Compris.

Peter pressait une main sur son épaule blessée, espérant endiguer le déversement d'hémoglobine. Martis faisait de même sur le côté droit de son abdomen.

— Que va tenter Julius ? demanda-t-il.

— Une intrusion, répondit Maïa.

Un bruit de portières. Martis s'agenouilla et risqua un coup d'œil en direction de l'Acura.

— Ils viennent, dit-il. Deux hommes avec des pistolets-mitrailleurs.

— Je ne pourrai pas me lever, l'informa Julius. Tu vas devoir m'aider.

Les hommes de L & L approchaient. Julius ne pouvait pas se servir de sa voix pour prévenir son amie.

« *Maïa !* »

Cette dernière hocha la tête.

« *Écoute, Martis va me soulever. Mais nous allons avoir besoin de quelques secondes. Il nous faut une diversion.* »

Maïa acquiesça :

« *À dix... Un, deux, trois...* »

Elle compta jusqu'à dix, puis cria en direction des légionnaires :

— Sales pourritures ! Vous ne m'aurez pas vivante !

Les deux hommes pivotèrent et changèrent de direction. Maïa continua de les injurier pendant que Martis observait la scène. Les hommes de L & L se dirigeaient maintenant vers l'avant de la limousine, guidés par les cris de la jeune femme.

« *Allons-y !* » lança Julius en pensée.

Martis souleva Julius avec l'énergie du désespoir. Les deux émissaires apparurent soudainement aux miliciens comme deux marionnettes sorties tout droit d'un théâtre de carton. Ils étaient côte à côte, s'appuyant l'un sur l'autre, tentant de préserver un équilibre fragile. Un spectacle qui fit sourire les miliciens de L & L. Ils rebroussèrent chemin en pointant leurs armes sur ces nouvelles cibles qui s'étaient si gentiment offertes à eux.

— Ces gars-là sont censés êtres dangereux, dit l'un des miliciens. C'est de la foutaise, regarde-les !

— Alors, les émissaires ? ricana l'autre. On se fait vieux, hein ? Vous ne m'impressionnez pas du tout, les mecs ! On dit que vous êtes la pire menace que le clan Shattam ait jamais connue ! C'est pas possible ce qu'on peut raconter comme conneries !

Julius posa le regard sur le dernier qui avait parlé. Ses yeux rencontrèrent les siens. Le lien fut établi sans difficulté.

«*Accroché!*» pensa Julius.

Martis fixa l'autre milicien.

«*Pareil pour moi*», répondit-il mentalement.

Les hommes de L & L reculèrent. Une sensation bizarre les traversait, comme s'ils n'étaient plus seuls dans leur corps, comme si quelqu'un partageait leur enveloppe charnelle. Une force mystérieuse paralysait leur volonté. Leur cerveau ne leur obéissait plus, ils n'étaient plus maîtres de leurs mouvements. Un étranger avait délogé leur âme et s'amusait à la refouler loin, très loin. La peur s'installa en eux et se transforma rapidement en terreur. Une terreur profonde qu'il leur était impossible d'exprimer sans le contrôle de leur langue et de leur bouche. On leur ravissait ce qui avait fait d'eux des êtres vivants, et ils sentaient qu'ils ne le possèderaient plus jamais. Ils étaient condamnés à devenir les prisonniers de leur propre corps. Ils lâchèrent leurs fusils-mitrailleurs, tandis qu'une voix grave s'adressait à eux.

«*La menace est toujours présente*, lança Julius. *Vous êtes jeunes et inexpérimentés, c'est dommage. Vos copains du clan Shattam ne vous ont pas prévenus du danger auquel vous vous exposiez. Nous sommes abîmés et fatigués, vous avez raison de le croire, mais sachez que l'esprit ne vieillit pas, grâce à Dieu, et vous en avez la preuve aujourd'hui.*»

Les miliciens, pantins figés, faisaient face aux émissaires. Le troisième homme, toujours installé derrière le volant de l'Acura, attendait désespérément qu'il se passe quelque chose. Mais pourquoi diable avaient-ils laissé tomber leurs armes? Le chauffeur hésitait. Devait-il intervenir ou se dépêcher de foutre le camp ? Un mauvais pressentiment l'envahit, mais il ne pouvait en aucun cas abandonner ses camarades ; Johnny Caesar l'aurait banni à tout jamais de Legions & Legionnaires. Il se décida enfin à saisir le fusil de calibre 12 qui reposait entre les deux sièges avant et quitta la voiture. Il s'avança lentement vers la limousine, se demandant quelle menace avait pu forcer ses amis à se départir ainsi de leurs armes. Certainement pas ces deux pauvres types qui s'accrochaient pathétiquement à la limousine pour éviter de se retrouver le cul par terre.

« *L'autre approche* », fit Martis.

« *Il est pour moi*, répondit Julius. *Je te confie ma première prise.* »

Martis se saisit des deux premiers hommes, laissant ainsi le champ libre à Julius qui se hâta de chercher les yeux du troisième milicien. Quelques secondes suffirent. L'homme s'immobilisa.

« *Dépose cette arme* », lui ordonna Julius.

Bousculé par la surprise, le jeune milicien se détourna et échappa involontairement au piège de l'émissaire. Le lien était rompu. Il scruta ensuite le ciel à la recherche de la voix, comme si elle provenait de Dieu lui-même.

« *J'ai perdu la fenêtre !* » grogna intérieurement Julius.

Le milicien continua sa prudente approche. Il jeta un coup d'œil en direction de ses deux complices mais ne rencontra que des regards vides. Leurs traits étaient complètement relâchés, identiques à ceux de cadavres.

Il se tourna brusquement vers Martis et Julius et braqua son fusil sur eux.

— Qu'est-ce que vous leur avez fait? demanda-t-il avec un courage feint.

«*C'est le moment*, lança Julius. *Cette fois, mes filets sont prêts à t'accueillir. Allez, regarde-moi, petit. Deux ou trois secondes, pas plus. Allons à la pêche tous les deux.*»

Le milicien s'apprêta à appuyer sur la détente, mais s'arrêta au dernier moment.

— Espèce de sales merdeux! cria-t-il. Vous allez voir ce qui arrive quand on a l'imprudence de s'attaquer aux membres de L & L!

Il fixa Julius.

«*Accroché, ça y est!*» jubila ce dernier.

Les yeux du chauffeur s'écarquillèrent malgré lui. Il ressentit une légère brise à l'intérieur de sa chair, puis elle se transforma en un vent tiède. Son index caressait toujours la détente, mais sa volonté semblait fuir, effrayée par la présence de l'autre.

«*Tu y arrives, Julius?*» demanda Martis.

«*Il résiste. Je vais avoir besoin de toi.*»

Martis relâcha son emprise sur les deux autres hommes. Comme de vulgaires pantins privés de leurs ficelles, les deux corps s'affaissèrent sur le sol. Martis s'était assuré qu'ils ne pourraient plus jamais s'exprimer.

Un moment de distraction. Julius perdit le contact une seconde fois. Le milicien sembla sortir de sa torpeur et appuya finalement sur la détente. Un coup de feu retentit.

«*Merde!*»

Julius fut violemment projeté vers l'arrière. Martis tenta de le retenir, mais en vain.

— Fils de pute! cracha Martis à voix haute en voyant le sang de son ami sur ses mains.

Le chauffeur affichait un large sourire de satisfaction.

— Regarde-moi! cria Martis. Regarde-moi,
pour l'amour du ciel!

Le jeune homme tourna instinctivement la
tête vers le chef des émissaires et croisa son regard.
Son sourire idiot disparut.

«*Et voilà! Accroché!*» entendit-il résonner dans
son esprit.

Il ne comprenait pas.

«*Belle prise!*»

Martis le sonda. «*Tu t'appelles Ken, n'est-ce
pas? Accorde-moi le contrôle de tes cellules, Ken. Quel
plaisir ce sera pour moi de te pénétrer, de t'habiter, de
te dévorer. Laisse-moi être la moelle de tes os, le sang
de ta chair. Dorénavant, je suis ton corps. Tu te sens
prisonnier, car tu es à l'intérieur de moi. Nous sommes
unis comme les deux composantes essentielles d'une
même machine. Mais tu ne diriges plus rien. Je suis le
maître ici, et ta vie m'appartient.*»

La voix s'arrêta, puis commanda:

«*Lâche cette arme!*»

L'esprit du milicien refusa d'obtempérer: «*Va
te faire foutre, émissaire! Je vais te tuer!*»

«*Ne résiste pas, petit*, lui dit Martis. *Ou je me
verrai dans l'obligation de te détruire.*»

Le jeune chauffeur reprit momentanément
le contrôle de son corps et réussit à faire pivoter
le canon du calibre 12. Vingt centimètres de plus
vers la gauche et il pourrait atteindre l'émissaire.

«*Ça suffit!*» lança Martis.

Cette fois, il allait donner le coup de grâce.

«*Nous sommes tes os et nous nous brisons!*»

Le milicien se tordit.

« *Nous sommes tes os et nous nous brisons !* » répéta la voix rugissante de Martis.

Le fusil se retrouva par terre, à côté du corps recroquevillé de l'homme. Une douleur silencieuse se dégageait de son regard livide. Un bruit résonna, semblable aux impacts d'une forte pluie sur un toit métallique. On aurait dit de petites explosions, un mitraillage interne qui se fit entendre encore plusieurs fois, se multipliant à la vitesse de l'éclair. Le milicien comprit que ce bruit persistant provenait de ses os qui s'entrechoquaient en éclatant.

« *Nous sommes tes os... et nous nous brisons !* »

CHAPITRE 23

FRONTIÈRE DE LA PRINCIPAUTÉ
DE SARAÇAN
ÉPOQUE : LE FUTUR, 28 ANS
APRÈS LE DÉBUT DE L'APOCALYPSE

Romu et Lancaster quittèrent Saraçan à cheval et prirent la direction du nord. Une fois en Autriche, ils campèrent à Innsbruck. Mais au matin, plutôt que de continuer vers l'ouest, ce qui leur aurait permis de traverser la Suisse et la France pour rejoindre l'océan, Romu décida de continuer vers le nord en direction de Munich, au grand étonnement de son apprenti.

— Ce n'est pas par là que se trouve le port de Saint-Malo, fit-il remarquer.

— Nous n'allons pas à Saint-Malo.

— Où prendrons-nous le bateau ? À Hambourg ? Il ne reste plus rien de cette ville, elle est pratiquement en ruine. Et on raconte que les contaminés sont encore nombreux là-bas.

— Nous n'allons pas à Hambourg.

— Rostock alors ?

— Nous nous rendons à Berlin, l'informa Romu.

— Berlin ? Mais pourquoi ? Ça va rallonger notre trajet et...

— Ma fille nous y attend, l'interrompit Romu.

— Votre fille ? Mais il y a des années que vous ne l'avez pas vue.

— Justement.

Lancaster ne comprenait pas.

— Attendez...

— Elle vient avec nous, expliqua Romu, ou plutôt avec toi.

— Vous voulez dire que vous ne venez pas à Mirage Sud avec moi ?

— Personne n'ira à Mirage, répondit sèchement Romu.

— Mais vous avez promis de...

Romu immobilisa son cheval et força la monture de Lancaster à faire de même. Le mentor posa ensuite un regard grave sur le jeune homme.

— On ne joue plus maintenant, lui dit-il. Je n'ai pas voulu le dire à Stuart et à ta mère, mais le temps est venu.

— Le temps de quoi ?

— Ne fais pas l'idiot, rétorqua Romu, tu sais très bien de quoi je parle !

Il se trompait ; Lancaster n'en avait aucune idée. Il eut besoin de quelques secondes pour réaliser de quoi il était question. *Il parle du transfert,* songea Lancaster, et la panique menaça soudain de s'emparer de lui. *Non, ce n'est pas possible. Pas maintenant !*

— Attendez une minute ! Je ne peux pas partir. Avant, je dois parler à Luna...

— Oublie Luna ! le coupa Romu. Tu ne la reverras plus !

— Vous ne comprenez pas ! Je l'aime ! Et elle m'aime aussi !

Romu secoua la tête, exaspéré.

— C'est moi qui ai demandé à ton ami Balthazar de contacter Luna et de la demander en mariage.

Cette soudaine révélation pétrifia Lancaster sur place. Il fixa son maître en silence, sans réussir à prononcer la moindre parole.

— C'était nécessaire, expliqua Romu, qui assumait pleinement son initiative.

— Non, vous ne… vous ne pouvez pas avoir fait ça…

— Suivant mes conseils, il a fait croire à Luna que tu étais mort, et que cette union entre elle et lui était ton dernier souhait avant de mourir. Ils se sont mariés, Lancaster, et avec ta bénédiction en plus !

— Espèce de salaud ! cracha Lancaster.

— Je n'avais pas le choix.

— Pas le choix ?

Romu secoua lentement la tête.

— Luna et toi, vous ne pouvez pas vous aimer.

— Et vous croyez qu'il vous appartient d'en décider ?

— Si tu avais su, mon garçon, tu aurais fait ce choix toi-même.

— Si j'avais su quoi ?

Romu garda le silence pendant un instant, puis déclara :

— Que tu es peut-être son père.

CHAPITRE 24

BERLIN, ALLEMAGNE
JOUR 2 DE L'APOCALYPSE

Le chauffeur hurla en pensée, avant de disparaître dans cet abîme noir qui lui servirait de prison pour l'éternité. Ici, en ce monde, son nom avait été Ken Dumas. À partir d'aujourd'hui, il n'existerait plus. Le tas de chairs meurtries et flasques qui s'écrasaient lentement dans la boue était tout ce qui restait de lui.

Martis se retourna et fit un rapide tour d'horizon. Julius était inconscient. Il en était de même pour Maïa et Peter. Peut-être étaient-ils tous morts ? Mieux valait éviter d'y penser.

Une sirène retentit. Les flics ? Non, peu probable. Martis s'agenouilla auprès de Julius. Il lui retira son veston et ragea en constatant que la chemise blanche de son ami était imbibée de sang. La balle s'était probablement logée dans l'abdomen. Il examina légèrement le flanc meurtri et n'apprécia guère la texture poisseuse de la blessure. Le sang commençait à coaguler. Martis espéra que ses pouvoirs de régénération referaient bientôt surface, comme tous les autres. Il tourna la tête vers Maïa et Peter. Le jeune homme était mort, mais Maïa respirait toujours.

Il lui faut un médecin, songea-t-il.

Le cri aigu de la sirène se rapprochait. Martis aperçut les gyrophares de la voiture. Un des résidants s'était finalement décidé à appeler la police. La sirène se tut et la voiture s'immobilisa. Un deuxième véhicule apparut et se stationna derrière l'autre. Martis, aveuglé par les phares encore allumés de l'Acura, entendit des bruits de portières et entrevit deux ombres qui couraient vers lui. Des policiers en uniforme.

— Ne bougez pas ! cria l'un des agents en pointant son pistolet sur lui.

— O.K. ! cracha l'autre. Maintenant, mettez vos mains sur la tête ! Dépêchez-vous !

Martis s'exécuta docilement. *Après tout, il est normal qu'ils réagissent ainsi*, se dit-il. Il y avait bien sept corps éparpillés autour de lui et un autre dans la limousine. Comment un flic normalement constitué pourrait-il se contenir en pareille situation ? Martis ressentait néanmoins des émotions contradictoires : ces policiers représentaient tout de même une menace.

Un des agents se planta derrière Martis et lui saisit rudement les bras pour les tirer vers l'arrière. Il lui mit les menottes et les ajusta avec une force et une rapidité qui surprirent l'émissaire. Ses poignets lui faisaient déjà mal.

Une autre portière avait claqué. *La seconde voiture*, pensa Martis. Un homme s'avançait. Sa chevelure scintilla lorsqu'il traversa le halo créé par les phares de l'Acura. Les traits de son visage se précisèrent quand il arriva enfin à proximité de Martis. Des cheveux bruns, courts, un front large, imposant, ainsi qu'une mâchoire robuste recouverte d'une barbe de deux jours. Il portait un costume sombre de grand couturier.

— Bonsoir, Martis.

Martis reconnut la voix. Calme et profonde. Elle trahissait la froideur et la dureté de son propriétaire.

— Zebra Shark, siffla l'émissaire en baissant la tête. J'aurais dû m'en douter.

— Vous me décevez, Martis, fit Shark.

Deux autres hommes accoururent. Sans doute des kereboss, en civil.

— Écoutez, Shark, implora Martis, mes amis ont besoin de soins. Pour une fois, essayez de comprendre nos motivations...

Le limier secoua lentement la tête.

— Tuez-le, dit-il à l'intention des deux policiers. Tuez-les tous.

Shark s'éloigna sans se retourner, suivi de ses deux sbires. Tous les trois remontèrent en voiture et quittèrent les lieux. Pendant ce temps, les policiers avaient levé leurs armes et les pointaient maintenant sur le crâne de Martis. L'émissaire se demanda s'il serait condamné à visiter l'abîme noir, comme tant d'autres. Une voix provenant du futur le rassura. Il rejoindrait Judy, sa femme, qui l'attendait dans l'autre monde. Il avait accompli ce qu'on attendait de lui. Cette pensée fut la dernière qu'il eut sur cette terre.

Les coups de feu tirèrent Julius de son sommeil involontaire. Il releva péniblement la tête et attendit que ses yeux s'adaptent à la nuit. Il perçut un mouvement à sa droite ; Maïa secouait la tête.

Peter ne bougeait pas. Il y avait un autre corps immobile non loin de lui.

« *C'est Martis !* » lança mentalement Maïa.

Julius observa attentivement l'autre corps.

« *Mon Dieu, non !* »

Deux ombres se tenaient au-dessus de la dépouille de Martis. Julius crut apercevoir des uniformes. Encore des coups de feu. De toute évidence, ils tiraient sur Martis, qui gisait par terre. Des soubresauts animaient le corps à chaque impact. Martis était mort, forcément. Alors, pourquoi continuaient-ils à tirer ?

Maïa toussota. Elle se redressa en s'appuyant sur l'aile avant de la limousine et vacilla quelque peu avant de reprendre son équilibre. La jeune femme se pencha sur la voiture et chercha les corps des deux miliciens de L & L. Elle les localisa rapidement. Leurs fusils-mitrailleurs étaient toujours là, à environ cinq mètres de l'endroit où se trouvait Julius.

Il faut faire quelque chose, pensa Julius en serrant les poings. *Putain de jambes ! Je ne peux pas bouger !*

Sa rage le consumait. Des larmes coulaient sur ses joues enflammées. Il n'avait rien pu faire pour sauver Martis. On avait abattu son ami comme un chien.

« *Romu ! Tu vois bien que je ne suis pas à la hauteur ! Tu le vois, non ? Réponds !* »

Il ferma les yeux en maudissant son handicap. La honte et le désespoir le défiguraient. « *Reprends ton courage, mon vieil ami*, fit soudain la voix chaude de Romu. *Ils ont besoin de toi. Souviens-toi, Julius : tu dois franchir les montagnes !* »

« *Romu! Aide-moi, pour l'amour du ciel! Aide-nous!* »

Aucune réponse.

« *Romu!* »

Romu, son ami, n'était plus là.

« *Ne me laisse pas, Romu! Reviens! Reviens!* »

Une courte visite, un court message, tous deux en provenance du futur, puis c'était tout. Julius comprit alors à quel point la présence de Romu, le vrai père de Maïa, lui manquait.

« *Les fusils-mitrailleurs!* » lança Maïa.

Julius se ressaisit. Les deux policiers se dirigeaient vers lui. La douleur le matraqua. Il plaqua la main sur son abdomen et sentit qu'il allait perdre connaissance une nouvelle fois. Une tache sombre bougea à sa droite. Il plissa les yeux pour clarifier sa vue. C'était un fusil-mitrailleur et il flottait dans l'air, comme une feuille soulevée par le vent. Mais à la différence de la feuille ballottée dans tous les sens, cette arme était manipulée. Elle sembla planer quelque peu, puis chuta et remonta pour ensuite filer d'un trait en direction de Maïa. L'arme se retrouva entre les mains de la jeune émissaire.

« *Bravo, Maïa!* » la félicita Julius.

Les hommes en uniforme pointaient leurs 38 en direction de Julius.

— Ton tour..., dit le plus grand d'entre eux.

Le sourire du policier se changea en un horrible rictus. Le plus petit n'affichait aucune émotion. Le visage plat, le regard sombre, il suivait l'autre d'un pas nonchalant.

Maïa arma le fusil-mitrailleur. Le bruit de frottement résonna dans la nuit. Les policiers se retournèrent et cherchèrent la source de ce son qu'ils connaissaient très bien. Le sourire pervers du plus grand disparut soudainement. L'expression du plus petit se transforma et Julius put lire sur ses traits une appréhension nouvelle.

«*Allez, Maïa!*» fit Julius en pensée.

Le fusil-mitrailleur cracha aussitôt ses balles en une rafale qui fouetta les deux policiers à la taille. Ils culbutèrent vers l'avant et se retrouvèrent face contre terre. L'atterrissage des deux corps souleva un nuage de sable fin qui tourbillonna comme de la poussière avant de retourner se déposer sur le sol. Le grand roula sur le dos en gémissant. Le petit était déjà mort. Maïa s'approcha.

«*Alors, Julius, qu'en dis-tu?*»

— Ils ont voulu mesurer notre efficacité, répondit Julius d'une voix rauque et souffrante.

Maïa se pencha vers le grand policier qui agonisait.

— Ton ami est mort.

— Va te faire voir! balbutia l'autre en vomissant son sang.

Maïa pointa son arme sur le front de l'homme.

— Notre chef est mort, dit Maïa, par ta faute. Tu as pris ton pied, n'est-ce pas?

Elle lui asséna un solide coup de pied dans les côtes, puis appuya sur la détente. L'impact fut tel que la tête du policier sembla se détacher de son cou. La cervelle gicla et une mare spongieuse prit de l'expansion tout autour du crâne explosé.

— Il faut partir d'ici, dit Julius. Les vrais flics ne vont pas tarder.

— On doit trouver un hôpital.

— Pas question, Maïa. Trop risqué.

— Mais tu perds beaucoup de sang, Julius. Il te faut un médecin. Rien ne prouve que nous retrouverons notre pouvoir de régénération.

— Nous en discuterons dans la voiture. Mon fauteuil est dans le coffre de la limousine. Transporte-le dans l'Acura. Elle est amochée mais peut encore rouler. Il faudra tout de même nous en débarrasser d'ici peu.

Maïa se dépêcha de faire l'échange.

— Et Martis ? demanda-t-elle en revenant vers Julius.

— Nous n'avons pas le choix. Nous devons le laisser.

Maïa acquiesça en silence. Elle prit Julius sous les aisselles, le traîna jusqu'à l'Acura et l'aida à se hisser sur le siège du passager.

— Kevin est mort, dit Maïa.

— Ulric ?

— Aussi.

Silence.

Julius jeta un dernier regard sur la scène.

— Partons, Maïa.

CHAPITRE 25

Le reste du trajet se fit dans le silence le plus complet. Berlin était à près de 600 kilomètres de Munich. Ils s'arrêtèrent donc à Leipzig pour manger, mais n'y dormirent pas. Ils continuèrent à galoper toute la nuit et ne parvinrent à l'ancien aéroport de Berlin-Schönefeld que le lendemain.

Le transfert des émissaires exigeait un voyage vers le passé, Lancaster était bien au courant de la procédure. Il se pouvait donc que Romu ait raison : il était possible qu'il tombe un jour amoureux de la mère de Luna et que tous les deux aient un enfant, une petite fille. Oui, tout cela était envisageable. Malgré cela, Lancaster n'arrivait pas à admettre qu'il puisse réellement être le père de Luna, son amoureuse de toujours. C'était tout simplement impensable. Si c'était vraiment le cas, ne l'aurait-il pas su avant aujourd'hui ? N'aurait-il pas éprouvé des sensations étranges en embrassant sa propre fille ? Des sentiments qui auraient indiqué que quelque chose n'allait pas, que ce comportement incestueux avait quelque chose d'anormal ? Il aimait Luna d'un amour profond, passionné. Il aimait sa chair autant que son esprit. Elle faisait naître en lui des désirs violents et extrêmes. Il la désirait avec autant de passion que de tendresse, et il en allait de même pour elle. Non, Luna n'était pas sa fille, car si elle l'était, alors ce serait la fin de son monde. Il s'effondrerait, sans jamais parvenir à se relever, sans jamais réussir à accomplir ce qu'on attendait de lui, à terminer sa mission. Dieu n'avait pas pu lui réserver un tel destin, c'était trop cruel.

— Pourquoi l'aéroport de Berlin? demanda Lancaster.

— C'est l'endroit, répondit simplement Romu.

Le ciel s'était assombri et le temps devenait humide. De gros nuages noirs et menaçants cachaient le ciel à présent et recouvraient la ville tout entière. Un orage se préparait. Les bâtiments de l'aéroport étaient déserts, tout comme ceux de la ville. Il n'y avait plus âme qui vive à Berlin. On rencontrait parfois des bêtes sauvages et quelques contaminés qui arrivaient à survivre en se nourrissant de vermine, comme des rats et des souris. «FLUGHAFEN BERLIN – SCHÖNEFELD», pouvait-on lire en lettres géantes sur le bâtiment principal de l'aérogare. Romu et Lancaster ne s'y arrêtèrent pas. Ils continuèrent plutôt vers les pistes.

— C'est là-bas que j'ai donné rendez-vous à ma fille, révéla Romu lorsqu'ils eurent franchi le quai d'embarquement.

Il désignait l'extrémité de l'une des pistes. *Sans doute par souci de sécurité*, se dit Lancaster en examinant les lieux. Le site plat, qui s'étendait à perte de vue, leur permettrait de voir arriver la menace de loin. Si des animaux prédateurs ou des contaminés s'aventuraient à découvert sur les pistes, ils auraient tôt fait de les repérer.

Lancaster parvint à distinguer plusieurs silhouettes à mesure qu'ils approchaient du lieu de rencontre. Il n'y avait pas qu'une personne qui attendait là-bas. Apparemment, la fille de Romu n'était pas venue seule. *Encore un mensonge ?* se demanda Lancaster. *Ou une simple omission ?* Rassemblés au seuil de la piste, il y avait en tout six personnes. Lancaster sut alors de qui il s'agissait. Romu n'avait-il pas affirmé la veille que le jour du transfert était proche ? Un coup de tonnerre retentit derrière eux, mais il n'y avait toujours pas de pluie.

— Ils sont tous là ? demanda Lancaster à Romu.

Le mentor ne fit qu'acquiescer, en silence. Lorsqu'ils ne furent plus qu'à quelques mètres de distance, Lancaster constata qu'il ne s'était pas trompé sur l'identité des six personnes. L'une d'entre elles était Lizzie Betham, la jeune fille de Romu. Elle devait avoir le même âge que Lancaster, soit environ dix-huit ans. Les cinq autres étaient des hommes âgés entre vingt et quarante ans. Si Romu était le troisième émissaire et Lancaster le septième, ceux-là occupaient les autres rangs : Edward Young, le premier émissaire, était désigné sous le nom de code Martis. Le deuxième, Richard Skinner, était appelé April. Michael Byrne, quatrième émissaire, portait le nom de June. Le cinquième émissaire était Julius, mais son véritable nom était Peter Heywood. Enfin, le sixième émissaire se nommait Matthew Thompson. Le nom de code qu'on lui avait attribué était Agosto, mais tout le monde le surnommait Iago. Romuald Betham était Maïa, et Lancaster Bell, Septimo. Tous les sept allaient ensemble former un groupe déjà légendaire, désigné dans les livres d'histoire sous le nom des Sept Émissaires, ou encore du commando PALADIN. Grâce à leurs prouesses, racontées maintes fois dans ces mêmes livres d'histoire, les sept hommes savaient qu'ils deviendraient des héros, car c'était dans le passé que seraient accomplis leurs exploits, et non dans le futur. Le fait le plus troublant et le plus connu à leur sujet était qu'aucun d'eux ne survivrait à la célèbre bataille d'Oquestt opposant les Shattam au prince Philippe de Centuri. C'était écrit, ils ne pouvaient en réchapper. Tôt ou tard, les Sept Émissaires devraient donc sacrifier leur vie pour l'unique salut de Saraçan, mais tous acceptaient ce destin funeste avec honneur et fierté.

Le tonnerre résonnait de plus belle. Pas de doute, l'orage se rapprochait. Des éclairs zébraient le ciel à l'horizon. Romu sauta à bas de sa monture et s'approcha de sa fille qu'il serra dans ses bras, davantage pour les convenances que par véritable affection paternelle. Depuis la naissance de Lizzie, le père et la fille ne s'étaient rencontrés qu'à deux ou trois reprises, et encore, très brièvement. C'était Peter Heywood, alias Julius, le meilleur ami de Romu et deuxième mari de la mère de Lizzie, qui avait servi de père à la jeune fille. Romu serra la main de Julius avant de prendre son ami dans ses bras et de lui faire une chaleureuse accolade.

— J'ai su pour Liza, dit Romu en jetant un bref regard en direction de sa fille. Je suis désolé.

Son ancienne épouse, la mère de Lizzie, avait été attaquée trois mois plus tôt par une bande de contaminés alors qu'elle et deux amies revenaient de Rome. Un citoyen de Saraçan l'avait aperçue dans un quartier abandonné de Bologne. Elle déambulait sans but dans la ville avec d'autres morts vivants. Une seule morsure avait suffi à la transformer en zombie.

Après avoir offert ses condoléances, Romu gratifia les autres hommes d'une solide poignée de main, souhaitant ainsi démontrer à tous ceux présents son grand respect et son indéfectible amitié.

— Vous êtes prêts, mes amis ? leur demanda-t-il ensuite.

Chacun d'eux acquiesça.

— Le moment du départ est imminent.

— Mais il est encore trop tôt, fit remarquer April. Les Grands Livres de Saraçan disent que ça n'arrivera pas avant une autre année.

Romu lui sourit, puis se tourna et sourit à tous les autres, même à Lancaster.

— L'histoire racontée dans les Grands Livres a été changée il y a bien longtemps. Seuls quelques-uns, comme moi, peuvent faire la différence entre le vrai et le faux. Dans certains cas, la narration des événements a été modifiée, dans d'autres, elle a été carrément effacée. Des passages ont même été ajoutés.

Les livres d'histoire de la Grande Bibliothèque de Saraçan peuvent-ils réellement avoir été réécrits ? se demanda Lancaster. Le jeune homme, comme tous les autres, n'arrivait pas à y croire.

— Romu, intervint Julius, tu n'es pas sérieux... Ce que j'ai mémorisé depuis toutes ces années sur mon destin et sur celui des autres ne peut pas se révéler faux !

— Ça mettrait en péril toute la mission ! renchérit April.

Romu posa une main à la fois amicale et compatissante sur l'épaule de son ami Julius.

— Ce qui est écrit dans les Grands Livres n'est pas totalement faux, seulement… différent. Il existe un écart entre ce qui a été écrit et ce qui arrivera réellement. C'est voulu et souhaité.

— Mais qui a fait ça ? demanda June. Qui a changé le récit des événements, et pourquoi ?

— Pour votre propre sécurité, répondit Romu. Vous aviez reçu l'ordre de ne pas consulter les livres d'histoire, pour éviter de connaître à l'avance votre destin, mais nous savons que vous avez tous enfreint cette règle. Tous, sauf Martis. Vous avez cru à tort que cela vous aiderait à réussir votre mission.

— Et pourquoi ce ne serait pas le cas ? l'interrogea Julius.

— Si l'être humain connaissait les conséquences de ses actes et de ses choix, il les modifierait, même s'il ne le doit pas. Vous n'auriez pas pu y échapper : vous auriez fait des choix différents, ce qui aurait changé l'histoire. C'est pour cette raison que Mary Fox a obligé les scribes de Saraçan à modifier les livres de la Grande Bibliothèque, pour éviter justement que vous changiez le cours réel des événements. Dorénavant, vous laisserez davantage votre instinct vous guider et cesserez de subir l'influence des écrits faisant l'éloge de vos exploits à venir. Alors, je vous le dis : certaines des choses que l'on raconte depuis des années à propos des Sept Émissaires se produiront, mais d'autres pas. Vous ne le saurez que le moment venu, lorsque vous y serez confrontés. La première information qui a été modifiée par les scribes est celle-ci : je ne suis pas le troisième émissaire, je ne l'ai jamais été.

— Quoi ? firent ensemble Martis et Julius.

Romu se tourna alors vers sa fille Lizzie.

— Voici le troisième émissaire, dit il en désignant celle-ci.

— Moi ? ! Mais je....

— À partir de cet instant, dit Romu à sa fille, tu prendras le nom de Maïa, qui représente le troisième mois du plus ancien calendrier romain.

— Romuald, tu ne peux pas faire ça, protesta Julius. Lizzie est ma fille autant que la tienne. Nous ne pouvons pas l'exposer à de si grands dangers. Elle n'a reçu aucune formation et...

— Il est trop tard, mon ami, le coupa Romu. On peut changer les livres d'histoire, mais jamais l'histoire elle-même. Dans les récits originaux, qui demeurent cachés dans les cryptes de la Grande Bibliothèque, on décrit le paladin Maïa comme... une jeune fille.

Un lourd silence tomba, qui fut brusquement interrompu par la foudre. La décharge électrique descendit du ciel et toucha terre non loin de l'endroit où s'étaient réunis les émissaires, produisant une forte détonation. Tous ceux qui étaient présents, à part Romu, reculèrent et levèrent machinalement les bras afin de se protéger les yeux et le visage.

— Il faut partir d'ici ! s'exclama April. La foudre va s'abattre sur nous !

— Non ! leur intima Romu. Je vous ai dit que le moment était venu.

Après une pause, il leva les yeux vers le ciel et ajouta :

— Le voici qui arrive.

Lancaster échangea des regards d'incompréhension avec les autres émissaires. Au bout d'un moment, il se rapprocha de Romu et osa une question :

— Ne me dites pas que ces éclairs sont...

Mais Lancaster Bell, le jeune émissaire que les livres d'histoire désignaient comme le paladin Septimo, n'eut pas le temps de finir sa phrase. Ce ne fut pas une seule décharge électrique qui surgit des nuages cette fois-ci, mais bien sept. Les faisceaux lumineux filèrent vers l'extrémité de la piste et s'abattirent en même temps sur les Sept Émissaires qui se volatilisèrent d'un coup, ne laissant derrière eux que nuages de poussière et de fumée.

Romu était seul désormais. Il enfourcha sa monture et scruta l'horizon jusqu'à ce qu'il aperçoive trois autres chevaux au nord, tout près du quai d'embarquement. Les chevaux laissèrent derrière eux le bâtiment principal de l'aérogare et se dirigèrent vers les pistes. Les bêtes étaient montées par des hommes que Romu connaissait. Lorsqu'ils furent tous les quatre réunis à l'extrémité de la piste, à l'endroit exact d'où les Sept Émissaires avaient disparu, l'un des cavaliers s'adressa à Romu.

— Ils sont partis ?

Romu acquiesça en silence.

— Bien, déclara le cavalier. Tout se déroule comme prévu.

L'homme qui venait de parler était le colonel Jack Soho. Les deux autres cavaliers qui l'accompagnaient étaient le commandant Adam Idaho et le lieutenant Owen Fox.

CHAPITRE 26

Après avoir exécuté les derniers réglages, le pilote du Learjet positionna son appareil sur la piste et obtint l'autorisation de décoller de la part de la tour de contrôle. Les conditions météo n'étaient pas des plus avantageuses, mais pas suffisamment mauvaises pour annuler le vol. Le pilote fit connaître sa position, puis amorça son accélération sur la piste. Il atteignit rapidement la vitesse limite de décollage et de rotation, et tira sur le manche pour atteindre l'assiette. Les roues quittèrent le sol. L'avion venait tout juste d'atteindre la vitesse V2, qui lui permettait une ascension sécuritaire, lorsqu'il fut frappé par la foudre. Personne ne le remarqua, à part un vieux mécano que personne ne voulut croire plus tard, mais le jet avait été atteint simultanément par sept éclairs, non par un seul.

La puissante décharge enveloppa le fuselage et se propagea jusqu'à l'intérieur de la cabine. L'onde électrique évita par miracle les deux premiers passagers, Helen Redford et Mark Fox, mais s'abattit sur les sept autres, qui reposaient

235

inconscients à l'arrière. Dans le poste de pilotage, les instruments de vol surchauffèrent puis se déréglèrent, victimes d'un survoltage, mais les dommages les plus importants concernaient les moteurs de l'appareil, dont les turboréacteurs explosèrent au moment de l'impact. Dès lors, le jet privé identifié au nom de Shattam Pharma piqua du nez et amorça sa descente vers les terrains vagues de l'aéroport de Berlin.

Helen Redford et Mark Fox n'eurent aucune chance, pas plus que les deux pilotes. Ils moururent sur le coup. Les seuls qui survécurent à l'écrasement furent les sept passagers, ceux que la foudre avait frappés : une femme et six hommes, sept sans-mémoire que le couple Redford-Fox avait réussi à faire évader de Tartarus. Les devins quittèrent les débris de l'appareil quelques secondes à peine après l'écrasement, tous munis de nouveaux souvenirs et d'une nouvelle personnalité, cadeaux d'une époque future. Ils étaient tous indemnes, sauf un ; il avait perdu l'usage de ses jambes et eut besoin de l'assistance de ses compagnons pour s'extraire de la carcasse en flammes de l'avion. Le transfert avait sans doute moins bien fonctionné dans son cas. On prétendait pourtant, dans tous les livres d'histoire, que les sept émissaires du commando PALADIN étaient quasi invincibles : «Tout-puissants, ils naîtront de l'Égide. Ils sont les Sept Émissaires. Leur destin a été tracé pour eux il y a longtemps : il est écrit qu'ils doivent sauver la Femme, et la protéger jusqu'à ce qu'elle affronte le Dragon. Martis, April, Maïa, June, Julius, Agosto et Septimo, ce sont leurs noms.»

CHAPITRE 27

Elle avait toujours adoré l'odeur qui régnait dans cet ancien bâtiment. Il lui rappelait celui des vieilles bibliothèques qu'elle aimait fréquenter durant son adolescence. Revenir à cet endroit était merveilleux. Un tas de souvenirs remontaient à la surface : son premier vrai boulot ; ses premiers pas dans le journalisme ; son premier article, sur la grève des pompiers ; son premier véritable amour, Patrick Sullivan, un collègue ambitieux qui s'était tué dans un accident de moto. Ce souvenir l'ébranla. Elle avait tant souffert. Paddy lui manquait quelquefois. Jamais elle n'avait oublié ce parfait dosage de force et de tendresse, cet équilibre qui faisait de lui un être solide et rassurant. Et que dire de son humour subtil mais brillant qui lui attirait la sympathie de tous ceux qui le côtoyaient. *Quelle différence avec Sonny Mendell*, se dit-elle. Repenser à Sonny suffit à lui remettre les deux pieds sur terre.

Les portes de l'ascenseur s'ouvrirent et elle pénétra d'un pas décidé dans la salle de presse. Ses anciennes et anciens collègues se retournèrent

237

sur son passage, étonnés de la revoir, parmi eux, dans ce lieu qu'elle avait quitté, disons, d'une façon plutôt abrupte un an auparavant. Elle se dirigea tout droit vers le bureau de Frankie Love, le rédacteur en chef qui l'avait tout d'abord virée, puis suppliée de revenir. Elle salua Carla, la stagiaire qui avait décroché un poste à la section télévision après son départ, et aussi le grand Robert Matheson qui, fumant toujours sa pipe, lui répondit d'un hochement de tête sans pour autant cesser de pianoter sur son clavier d'ordinateur.

À travers la vitre qui remplaçait partiellement l'un des murs de son bureau, Love invita Madison à venir le rejoindre. Elle reconnut son large sourire, ses yeux pétillants et son double menton si sympathique. Un signal d'alarme retentit néanmoins dans son esprit ; cet homme était impitoyable, elle devait se le rappeler.

Love accueillit la jeune femme à bras ouverts. Il fonça sur elle, et elle eut un léger mouvement de recul tellement il était imposant. Il ne s'arrêta pas. Il l'agrippa et la serra fortement contre lui.

— Comme je suis heureux de te toucher de nouveau, ma petite, dit-il de sa voix musicale. Laisse-moi t'embrasser.

Il lui plaqua un baiser sur chaque joue, puis la saisit par les épaules. Il la détailla des pieds à la tête.

— Jolie Madison. Toujours aussi désirable. Je n'en crois pas mes yeux. Mon Dieu, si j'étais plus mince... Et des cheveux ! Oui, si j'avais plus de cheveux, peut-être que...

— Tu n'aurais pas l'ombre d'une chance avec moi, Frankie, l'interrompit-elle avec le sourire.

Mais je dois avouer qu'il est tout de même fort agréable de te revoir... et de te toucher.

— Toi aussi, tu m'as manqué. Allez, viens t'asseoir. Je suis impatient d'en savoir plus sur ce scoop.

Love s'installa rapidement derrière sa large table de travail sur laquelle régnait l'habituel désordre. Parmi les tasses de café — quelques-unes à moitié entamées et certaines complètement vides, mais encore tachées de café séché — gisaient des piles de dossiers concernant sans doute des histoires sanglantes ou, au contraire, d'une assommante banalité, ce qui expliquait pourquoi elles se trouvaient encore là.

— Alors? demanda Love, impatient, les joues et le front empourprés par l'excitation.

D'un geste nerveux, il invita Madison à prendre place devant lui. Elle observa tour à tour les deux chaises de frêle constitution et choisit celle qui semblait le moins susceptible de s'écrouler sous elle. Son regard croisa celui de Love pendant qu'elle essayait désespérément de trouver une position confortable. Il fixait sa poitrine.

— Par ici, fit-elle en lui suggérant d'un geste de relever les yeux.

— Encore une seconde, répondit-il. Ça fait un bail que je ne me suis pas tapé cette superbe paire de...

— Frankie! le sermonna Madison.

— D'accord, d'accord!

Elle ne lui en voulait pas. En fait, elle avait toujours apprécié la spontanéité de son attitude, la franchise de ses remarques, et ce, depuis leur toute première rencontre: «Joli postérieur, mais j'ai déjà une secrétaire. J'ai besoin d'une journaliste, pas d'un mannequin. Va te faire couper les cheveux, petite. Tu reviendras me voir lorsqu'on aura envie de te lire plutôt que de te tripoter.» *Grossier mais rafraîchissant*, avait-elle alors pensé. Il pouvait certes se montrer blessant, ou carrément offensant, mais ne laissait personne indifférent, surtout pas les journalistes au cœur tendre, «les mous», comme il aimait les surnommer. Combien de fois avait-elle quitté le bureau de Love en pleurant de rage, le maudissant pour la facilité avec laquelle il arrivait à la déstabiliser, à lui faire dire tout haut ce qu'elle pensait tout bas? Elle l'avait détesté, oh oui! Pourtant, en d'autres occasions, elle comprenait que le comportement brutal mais franc de cet homme lui servait de bouée dans ce monde inondé par l'hypocrisie. De plus, il se dégageait de lui une énergie qu'elle considérait comme vitale pour tout journaliste.

Frankie posa les yeux sur son cou, puis remonta jusqu'à son visage.

— Ce que tu es belle. Belle et intelligente. Très rare.

— Merci.

Il sourit.

— Le scoop? demanda-t-il en joignant les mains.

Elle croisa les jambes, espérant que cette nouvelle position lui ferait oublier la douleur qu'elle ressentait dans le bas du dos.

Saloperies de chaises bon marché.

— J'ai passé la matinée à la bibliothèque, lui dit-elle d'entrée de jeu. J'ai fait des recherches concernant les frères Shattam. Très intéressant.

— Mais le scoop ? insista Love.

Madison sentit qu'il s'impatientait. Aller droit au but. Elle avait perdu l'habitude de traiter avec Frankie et s'en voulut de ne pas avoir devancé ses attentes.

— Selon mes sources, ils sont responsables de l'épidémie de méningite qui fait rage à Hastings Horizon, affirma-t-elle, comblant ainsi les désirs de son patron.

Frankie fronça les sourcils et pencha la tête, comme elle l'avait déjà vu faire tant de fois. Impossible de prédire comment Love réagirait.

— Mouais… , dit-il en se pinçant la lèvre supérieure.

— Et je crois que c'est la vérité, ajouta Madison.

— Et comment le sais-tu ?

— Je le sais, c'est tout. C'est une conspiration.

— Une conspiration ?

— Je sais, ça paraît idiot, dit comme ça, mais…

— Madie, Madie, Madie ! Ce n'est pas toi, ça ! Laisse les conspirations aux scribouilleurs des tabloïds !

Pendant un instant, Madison eut l'impression que Frankie allait pouffer de rire, mais elle comprit vite que son nouveau patron essayait d'éviter de la contrarier. *Ce n'est pourtant pas son genre,* songea-t-elle. *Depuis quand Frankie Love met-il des gants blancs pour dire ce qu'il a à dire ?*

— Ma chérie, ma chérie, que je t'aime. Tu es tellement naïve.

Madison ne répondit pas. Cette fois, la patience était de mise.

241

— Les frères Shattam sont propriétaires d'une importante société, continua Frankie, l'une des plus puissantes et des plus prestigieuses qui soient. Selon ce que tu avances, ils seraient responsables d'une épidémie de... méningite ? Le holding des frères Shattam est connu dans le monde entier, Madison. Il y a des gens ici qui ne savent même pas où se trouve Hastings Horizon. Te rends-tu compte du ridicule de cette histoire ? Je t'en supplie, trouve autre chose.

Madison allait devoir jouer de prudence. Surtout, ne pas s'emporter. Ne pas contredire Frankie. Le diriger, plutôt. Le pousser doucement dans la bonne direction, là où elle voulait l'emmener.

— Tu as raison, fit-elle en hochant la tête. C'est complètement ridicule. Mais c'est la vérité.

— Qui est-ce qui t'a mise sur cette piste ?

— Deux types étranges, mais sympas, avec des noms de code. Des militaires, peut-être, même s'ils n'en ont pas vraiment l'air. J'ai vérifié leur identité ce matin. Selon les documents officiels, ils n'ont jamais existé. Classique, ajouta Madison. On a sans doute effacé toute trace de leur existence, afin qu'ils puissent joindre une unité spéciale.

— Des commandos ?

— Probablement. Martis et l'un de ses hommes soutiennent que les frères Shattam ont délibérément fait circuler le virus qui est à l'origine de cette épidémie, et je les crois. Ils m'ont conseillé d'enquêter sur le sujet, et c'est ce que je me suis empressée de faire tôt ce matin.

— Et qu'as-tu découvert ?

Madison s'arrêta. Love se contorsionna dans son fauteuil, signe évident qu'il commençait à se désintéresser de ses propos. Elle se dépêcha de continuer en y mettant une nouvelle vigueur.

— Tu sais qui est Erich Shattam? demanda-t-elle pour piquer la curiosité du rédacteur.

— C'est le grand-père de Leonard et Zachary Shattam. Il a fondé les bases de leur empire et...

— De la première société, oui, le coupa Madison. Mais ça n'avait rien à voir avec le puissant holding que l'on connaît aujourd'hui. Et tu sais quoi? Erich Shattam était un médium très réputé en son temps. Il lisait dans les cartes et maîtrisait très bien l'astrologie. Son principal employeur de 1936 à 1943 a été Adolf Hitler. Selon les informations que j'ai pu amasser, Shattam était très proche du führer. Il semblerait qu'on lui avait confié la tâche de réunir les plus grands spécialistes de l'occulte, afin de dresser un portrait détaillé du destin auquel était promis Hitler. Le führer avait une peur maladive de l'Apocalypse et cherchait à tout prix une façon de la prévoir, et même de l'éviter. Erich Shattam et tous les autres médiums furent donc chargés de tracer les grandes lignes de l'avenir, pour y déceler les irrégularités et en informer le führer. L'Église était impliquée.

— L'Église? fit Love qui semblait soudain reprendre vie.

Madison sourit, satisfaite. Elle avait atteint son but : Love était pendu à ses lèvres.

— En s'associant à l'Église, Hitler a eu ainsi accès à bon nombre d'anciens ouvrages ayant pour sujet l'Apocalypse de Jean. La curiosité de certains cardinaux de l'époque n'avait d'égale que celle du führer. Ensemble, ils ont donc mis sur pied une équipe de spécialistes, scientifiques, sociologues, archéologues, médiums, hommes d'Église, dans le seul et unique but de préparer le Troisième Reich à l'éventuelle venue de l'Apocalypse.

Madison fouilla dans un petit cahier de notes qu'elle avait apporté.

— Voici une citation tirée de l'autobiographie de Josef L. Hoffmann, l'un des médiums qui participèrent à l'élaboration du projet : « La paranoïa s'est emparée du groupe. Ils ont tous peur maintenant. Ça va trop loin. J'aurais aimé vous parler de la nouvelle équipe, celle des vaticinateurs, mais j'ai quitté l'Italie pour la France avant de connaître les détails de l'étape finale qui était prévue pour janvier 1943. Il m'était impossible de rester là-bas plus longtemps. Je ne pouvais plus, en mon âme et conscience, participer à ces atrocités. Ce sont des chiens enragés. Ils gardent les portes de notre avenir comme de vrais cerbères. Ils veulent créer une nouvelle race d'êtres humains. Des hommes supérieurs, comme le veut Hitler, qui seront capables de vaincre la mort, qui combattront l'Apocalypse sous le regard fier de leur führer. »

— Mais où as-tu déniché pareilles informations ? demanda Love avec un sourire pessimiste. C'est de la science-fiction, ma pauvre.

Elle réfléchit un moment. Devait-elle tout lui expliquer ? Lui avouer qu'à son grand étonnement elle avait senti qu'on la guidait, qu'on lui indiquait la voie ? Elle se rappelait avoir fait des recherches en utilisant la banque de données informatiques de la bibliothèque. Elle avait tapé les mots «Shattam Pharma», puis le nom de Leonard, et ensuite celui de William. Quelques titres étaient apparus à l'écran, mais jamais l'ordinateur n'avait fait référence à Erich Shattam. Comment était-elle tombée dessus? Par hasard, sans doute, en fouillant dans une section consacrée à l'histoire de la Deuxième Guerre mondiale.

— Je pense que Martis a mis le nez là où il n'aurait pas dû, dit Madison en affichant un air sérieux. Une menace pèse sur eux, ou sur des gens qu'ils doivent protéger, j'en suis presque certaine.

— Il t'a suffi seulement d'une journée pour échafauder toute cette histoire? s'étonna Frankie Love. Tu as une imagination débordante, tu le savais?

Il prit une solide gorgée de café, mais se rendit compte trop tard qu'il était froid. Il grimaça de dégoût.

— C'est la Californie, ici, continua-t-il en repoussant la tasse. Laissons les histoires de nazis aux Européens, veux-tu?

Madison tourna brièvement la tête et aperçut Nancy, la secrétaire de Love, qui traversait la salle de presse avec une pile de documents sous le bras.

— Bon nombre de ces nazis se sont réfugiés en Amérique du Sud, et plusieurs aux États-Unis, fit-elle avec un soupir résigné. C'est le cas d'Erich Shattam.

— Erich Shattam n'a jamais été considéré comme un nazi.

Love jouait son rôle d'emmerdeur à la perfection. Normalement, Madison aurait éclaté, mais pas aujourd'hui. Frankie avait peut-être raison, après tout : ce sentiment d'être quelqu'un d'autre, d'avoir été choisie, ces instants de doute ou, au contraire, de certitude absolue, tout ça n'était pas normal. Madison n'aurait su l'expliquer, mais elle se sentait envahie, enveloppée par ce qui lui semblait être une forme de pureté, et cette sensation n'était ni bonne ni mauvaise, elle était plutôt forte, libre... et seule. *Comme... Oui, comme la vérité*, pensa-t-elle. La jeune femme se dit que la meilleure chose à faire serait sûrement de quitter ce bureau en toute hâte et de se précipiter chez un psychiatre.

— C'est le plus grand scoop..., finit-elle par dire sans en avoir vraiment conscience.

— C'est de la merde, précisa Love en faisant claquer sa langue épaisse. On oublie ça, Madison. J'ai d'autres projets pour toi. Que dirais-tu d'un petit voyage à Washington ? Il y a des politiciens là-bas qui t'attendent avec impatience. J'ai tellement envie de te lire, ma chérie.

— Non, fit-elle sans conviction, le regard vide. Je... Je ne crois pas q-que...

Love se raidit.

— Hé ! Ça va, petite ?

Il était inquiet. Les traits de la jeune femme s'étaient figés.

« *Madison... Tu rechercheras les réponses et tu les trouveras... Je te le promets. Tu écriras ce que tu as vu, ce qui est, et ce qui doit arriver ensuite.* »

Elle releva les yeux. Love y lut une nouvelle détermination, loin de la détresse et de l'égarement qu'il avait perçus quelques secondes auparavant.

— Si je reviens au journal, c'est pour avoir accès aux outils qui me permettront de fouiller le passé du clan Shattam et celui du type dénommé Martis. J'ai laissé tomber mon boulot à la télé pour enquêter sur cette affaire. Je vais devenir folle si je ne vais pas jusqu'au bout. Je dois trouver une réponse, quelle qu'elle soit. C'est une des conditions, Frankie. À toi de décider.

Love se cala dans son fauteuil en affichant ouvertement son scepticisme. Madison baissa la tête. C'était peine perdue. Elle devrait continuer seule.

Le rédacteur l'observait en pivotant la tête, comme s'il voulait s'assurer d'avoir le meilleur angle possible. En fait, il gagnait du temps. Que devait-il faire ? Que devait-il lui répondre ? Comment lui accorder ce qu'elle voulait ? Il faisait confiance à son propre jugement, et celui-ci lui disait que cette histoire n'était pas sérieuse, pire, qu'elle était dangereuse. Pourquoi plierait-il devant l'obstination de cette femme ? Il l'appréciait beaucoup, d'accord, mais était-ce suffisant pour la laisser ainsi briser sa carrière ? *Le ridicule ne tue pas, sauf lorsqu'on est journaliste*, se dit-il. Elle était aveuglée par son intuition, et lui, le rédacteur en chef, avait l'obligation de la secouer, de l'aider à redescendre de son nuage, même si pour cela il devait la pousser hors du paradis. Il ouvrit la bouche, prêt à cracher son désaccord, mais fut arrêté brusquement par une pensée qui, comme il le dirait plus tard, l'aspergea de l'intérieur.

« *Frankie, tu ne dois jamais prendre plus que tu ne donnes !* »

Le rédacteur en chef hésita, confus. Il eut soudain très envie de café.

— Tu n'as pas soif ? demanda-t-il.

— Non, répondit sèchement Madison. Alors, qu'en dis-tu ? Tu refuses ?

— Il me faut un café.

« *Le plus grand scoop, Frankie. Le plus grand.* » Mais d'où venait cette voix, pour l'amour du ciel ?

— Du café ! cria-t-il à l'intention de Nancy qui passait derrière le mur vitré. C-A-F-É !

Il mima une cafetière à sa secrétaire qui suivit ses mouvements sans réagir.

— Du café, merde ! murmura-t-il tout en continuant de s'animer.

Impatient, il étira le bras, serra le poing et frappa violemment la vitre à trois reprises.

— C'est pourtant pas compliqué ! CAFÉ ! CAFÉ !

Nancy le fixa avec un regard où se mélangeaient colère et impuissance. Elle tourna les talons et disparut.

— Pas trop tôt, grogna-t-il en revenant vers le fauteuil.

— Calme-toi, Frankie, dit finalement Madison.

Elle lui laissa quelques minutes de répit, puis enchaîna :

— Eh bien ? J'attends toujours une réponse. Dois-je aller m'adresser à un concurrent ?

— Tu oserais faire ça ?

— Fais-moi confiance, tenta-t-elle pour le rassurer. Tu n'as rien à perdre.

— Si, une bonne journaliste.

La jeune femme se leva et lança sur lui un regard dur.

— Je vais devoir te supplier ?

— J'aimerais bien, mais c'est inutile, soupira Frankie.

Il hocha la tête et elle comprit qu'elle avait gagné.

— Merci.

Elle s'apprêtait à quitter le bureau lorsque le rédacteur l'interpella sur un ton qu'elle ne lui connaissait pas.

— Madison, dit-il avec hésitation, tu entends... des voix ?

Elle sourit et se passa une main dans les cheveux.

— Il s'agit du plus grand scoop, Frankie. On te l'a dit, à toi aussi ?

Ne sachant pas quoi répondre, le rédacteur haussa les épaules tout en grimaçant.

— Où vas-tu comme ça ? demanda Love à sa nouvelle recrue.

— Rendre une petite visite à mon frère. Il est shérif dans le comté de West Dundas. Il pourra peut-être m'aiguiller sur certains trucs concernant les Shattam.

— Le shérif Alfred Gardner ? fit le rédacteur, étonné par cette révélation. Freddy Gardner est ton frère ?

Madison acquiesça, toujours avec le sourire, avant de continuer son chemin et de quitter l'édifice du journal. Quelques heures plus tôt, la demeure d'Alfred Gardner, située sur Winter Road, aux limites de la ville de Hastings Horizon, était prise d'assaut par un régiment de contaminés assoiffés de sang. Une radio de police avait alors capté ce message de détresse émis par Laura Gardner sur le poste CB de son père : «*Crrrrr... ont tué mon père et... Crrrrr... attaqué mon frère... Crrrrr... Ils sont ici... sommes seuls... suis seule... Crrrrr...*»

CHAPITRE 28

TEA WALLS
JOUR 2 DE L'APOCALYSE

Zachary Shattam avait dit vrai : dès mon retour à Tea Walls, je ne me souvenais de rien. C'était comme si les événements des derniers jours avaient été complètement effacés de ma mémoire. Le cycle recommençait, comme dans le film *Le jour de la marmotte*, mais sans que j'en sois consciente. Je me suis rappelé de tout, mais seulement plus tard.

Le matin, je me suis éveillée dans ma chambre de Fronting Gate, comme d'habitude. Le petit-déjeuner avait été préparé par Maya, notre domestique — que je détestais, soit dit en passant. J'ai mangé en compagnie de mon père, Paul Lincoln. Dans ces «nouveaux» souvenirs, ma mère, Susan Trevor, était morte depuis plusieurs années. En fait, je ne l'avais jamais connue. Après le petit-déjeuner, j'ai pris la Mercedes de mon père pour aller à l'école (ma mignonne Mini-Cooper était en réparation). À Tea Walls High, j'ai retrouvé mes meilleures amies, Lily Moriarty et Anna Claremore, comme si rien ne s'était passé. Mon petit copain, le capitaine de l'équipe de football, c'était Josh Arcadia. Nous étions ensemble depuis plusieurs mois.

La journée, bien que fort remplie, s'est déroulée dans une ambiance de tristesse. Des amis à nous venaient de mourir dans un accident de voiture. Les funérailles devaient avoir lieu le soir même.

C'est Josh qui m'a accompagnée au salon funéraire. Ce fut une soirée difficile. Pendant le trajet du retour, Josh n'a pas dit un mot. Lorsque sa voiture s'est arrêtée devant chez moi, il s'est penché pour m'embrasser mais, sans savoir pourquoi, je me suis reculée. Il m'a regardée, surpris, puis m'a demandé ce que j'avais.

— Ce que j'ai? ai-je rétorqué. Nos amis sont morts, je dois te le rappeler?

— Je sais, m'a-t-il répondu alors. Mais ce n'est pas notre faute...

J'ai gardé le silence, incapable de dire quoi que ce soit. J'étais trop triste, trop en colère.

— Lexie, parle-moi...

— Ne m'appelle pas comme ça!

— Mais je l'ai toujours fait, non?

— Eh bien, arrête!

Il a secoué lentement la tête.

— Je ne comprends pas. Pourquoi tu te mets dans un tel état?

— Josh...

— Ils ont décidé eux-mêmes de prendre cette voiture et de conduire alors qu'ils étaient ivres.

Je l'ai fusillé du regard et j'ai prononcé des paroles qui, j'en suis convaincue encore aujourd'hui, ne venaient pas de moi :

— As-tu déjà eu envie de quitter cette ville, Josh?

— Non, a-t-il répondu sans la moindre hésitation. Je suis bien, ici. Pas toi ?

— Non.

De nouveau, le silence. Josh attendait un autre genre de réponse.

— Trois de mes meilleurs amis sont morts, ai-je déclaré en regardant droit devant moi. Barstow et Amboy avaient dix-sept ans. Jack en avait vingt-trois. Ces gars-là avaient toute la vie devant eux. Il a suffi d'une petite fête bien arrosée pour leur enlever tout ça.

— Ils ont pris des risques, Alexia.

Je n'ai pas réagi.

— Il est tard, ai-je dit simplement. Je dois rentrer.

Josh s'est à nouveau approché pour m'embrasser sur la joue, mais je l'ai repoussé. J'ai ensuite pris mon sac et suis sortie de sa Mustang 66 de couleur noire. J'ai entendu la Mustang démarrer, mais ne me suis pas retournée pour la regarder partir, comme je le faisais habituellement.

J'ai consulté ma montre-bracelet tout en marchant vers la maison. Ce bijou, je le trouvais beaucoup moins joli qu'autrefois. Son bracelet était large d'environ cinq centimètres et sa surface lisse était de couleur argent. L'heure était indiquée sur un écran rectangulaire, qui portait les initiales AC de chaque côté :

AC **21 : 57 : 09** AC

Il serait bientôt vingt-deux heures. Le couvre-feu officiel était à vingt-trois heures. Dans deux heures, je me laisserais emporter par la Morsure du sommeil. Pour la première fois de mon existence, l'idée de recevoir cette injection soporifique me donnait la nausée.

Mon père était rentré du salon funéraire avant moi. Lorsque j'ai passé la porte de la maison, il m'a souri en silence depuis la salle à manger, où il était attablé. Comme je l'ai déjà mentionné, le cycle recommençait : les cadavres embaumés de Ian Barstow et de Nick Amboy étaient les tout premiers auxquels j'avais été confrontée dans ma vie. Le seul qui n'avait pas été exposé était Jack Soho ; ses proches avaient choisi de faire incinérer son corps dès sa sortie de la morgue.

Lorsque j'ai vu mon père à la table, j'ai tout de suite compris qu'il voulait discuter de la soirée. S'inquiétait-il réellement à mon sujet ? Je m'en fichais. Mon père était un homme bien, mais sans envergure. Ce sentiment était étrange pour moi : c'était mon père, mais j'étais incapable de l'aimer.

Je me suis approchée de Paul Lincoln sans lui sourire. Il souhaitait sans doute que je prenne place à ses côtés, mais j'ai préféré rester debout.

— Je vais bien, lui ai-je dit avant de me détourner de lui et de me diriger vers le grand escalier, celui qui menait au premier où se trouvait ma chambre.

— Alexia...

Je ne me suis pas arrêtée. Je lui faisais dos lorsqu'il m'a demandé :

— Les trois garçons, tu les connaissais bien ?

Non mais, qu'est-ce qu'il croyait ? Il savait que c'étaient mes amis, non ? C'était certainement une tactique pour amorcer la conversation, mais je n'en avais rien à faire de lui et de son baratin. Je voulais aller me coucher et oublier toute cette histoire.

— Je n'ai pas été traumatisée de les voir comme ça, si c'est ce que tu veux savoir, lui ai-je dit tout en continuant de progresser vers l'escalier. Ils avaient l'air... endormi et en paix. J'étais triste, c'est tout, ai-je conclu en sentant la colère monter en moi.

J'ai rapidement gravi les marches et me suis précipitée dans ma chambre. J'ai verrouillé la porte derrière moi, puis me suis étendue sur le lit. Tout en fixant le plafond, j'ai repensé à Ian, à Nick et à Jack. J'étais tellement triste. Leur présence me manquait affreusement, encore plus, me semblait-il, que si c'était Lily, Anna ou Josh que j'avais perdus. C'était étrange comme sentiment. Comme si les trois garçons avaient été plus proches de moi que mes meilleures amies et mon petit copain. Encore plus triste : j'étais incapable de me souvenir de leurs visages. *La mort les a chassés de notre monde, mais aussi de mes souvenirs*, ai-je songé. J'ai alors eu l'idée de parcourir mon album photo. Il me fallait trouver une photographie sur laquelle on distinguait les visages de mes trois amis. J'avais l'une de ces photos quelque part, mais j'étais incapable de la retrouver. J'ai revérifié l'album trois fois, en vain.

La sonnerie de mon téléphone portable a retenti à ce moment-là. J'ai alors supposé qu'il s'agissait de Lily ou d'Anna, ou encore de Josh, qui se torturait à se demander pourquoi je l'avais repoussé ainsi. Qui que ce fût, cette personne avait certainement des photos de Ian, de Nick ou de Jack. Je lui demanderais de m'en expédier une par courriel, ou encore sur mon cellulaire. Grisée par cette perspective, je me suis donc dépêchée d'ouvrir mon téléphone, mais seulement pour me rendre compte que ce n'était pas un appel que je venais de recevoir, mais bien un message texte :

VOUS AVEZ OUBLIÉ QUI JE SUIS, MAIS JE SUIS VOTRE AMI. JACK SOHO N'EST PAS MORT. IL EST SOIGNÉ EN CE MOMENT MÊME DANS LA TOUR DE SHATTAM PHARMA. LES INFORMATIONS DONT JE DISPOSAIS AU SUJET DE VOTRE VÉRITA-BLE IDENTITÉ ONT ÉTÉ CONFIRMÉES : VOUS N'ÊTES PAS MARY FOX, PAS PLUS QUE VOUS N'ÊTES ALEXIA LINCOLN. PAR SOUCI DE SÉCURITÉ, JE NE PEUX VOUS RÉVÉLER VOTRE VRAI NOM MAINTENANT, MAIS JE LE POURRAI TRÈS BIENTÔT.
N'AYEZ CRAINTE : UN COMMANDO D'HOM-MES PUISSANTS ET COURAGEUX A POUR MISSION DE VOUS RETROUVER ET DE VOUS PROTÉGER. C'EST LE SORT DE SARAÇAN, LE ROYAUME CACHÉ, QUI EST ENTRE LEURS MAINS... ET LES VÔTRES.

F. CHRISTIAN

Je ne sais pas pourquoi, mais après avoir lu ce message, j'ai soudain ressenti une profonde fatigue et j'ai eu envie de pleurer, mais n'y suis pas arrivée. Malgré ma tristesse, je n'ai versé aucune larme. Pour ce que j'en savais, jamais auparavant, dans toute ma vie, je n'avais pleuré, pas même à la mort de ma mère, et encore moins à l'enterrement de mes amis. Dans les contes de fées, on dit que les sirènes ne peuvent pas pleurer, même si elles le souhaitent parfois, car elles n'ont pas de larmes. J'étais convaincue de ne pas être une sirène ; en tout cas, pas de celles qui entonnent chansons et prophéties pour Hadès, le souverain des Enfers. L'autre chose dont j'étais certaine, c'était que ma vie ne ressemblait en rien à un conte de fées.

Là-dessus, je me trompais.

ÉPILOGUE

PETITE SIRÈNE — **SUITE ET FIN**
D'APRÈS L'ŒUVRE
DE HANS CHRISTIAN ANDERSEN

Talia sortit du palais et nagea vers les tourbillons mugissants. Il lui fallait traverser tous ces terribles remous pour arriver à la grotte où habitait le sorcier. La jeune sirène s'arrêta bientôt devant l'antre de son oncle Janos. Elle était effrayée, son cœur battait la chamade. Elle faillit s'en retourner, mais repensa à son beau prince. Prenant son courage à deux mains, elle fendit l'eau et pénétra enfin dans la grotte. Au centre de la pièce s'élevait un trône fait d'ossements humains. Le sorcier y était assis et donnait à manger à un hideux calmar.

— Je sais ce que tu désires, dit Janos à la sirène. Et je t'accorderai ton vœu, car cela t'apportera beaucoup de malheur, chère nièce. Ne m'en veux pas, j'aime causer des soucis à ton vieux père. C'est comme ça depuis toujours entre lui et moi.

Il fit une pause, toisant Talia.

— Ainsi, à la place de cette queue de poisson, tu souhaites avoir deux jambes pour marcher comme le font les humains, c'est bien ça ? Tout ça pour qu'un jeune prince te remarque et tombe amoureux de toi ? Eh bien, c'est parfait. Je vais te concocter une potion qui séparera ta queue en deux moignons. Ceux-ci se transformeront ensuite en de jolies jambes. Ce ne sera pas sans douleur : tu souffriras comme si un couteau te déchirait la peau, mais tous les hommes diront de toi que tu es la plus magnifique jeune femme qu'ils auront jamais vue !

— Oui ! s'exclama Talia en songeant au jeune prince, son cœur gonflé de l'amour qu'elle ressentait pour lui.

— Mais attention ! la prévint alors son oncle. Une fois que tu seras humaine, tu ne pourras plus jamais redevenir une sirène, c'est compris ? Tu ne reverras plus jamais ton père. Et si le prince ne tombe pas amoureux de toi, tu mourras. S'il épouse une autre femme que toi, ton cœur cessera alors de battre et ton corps se désintégrera. De toi, il ne restera plus qu'une trace d'écume sur la mer. C'est un pari risqué, ma chère nièce. Mais bien sûr, tu en es consciente. Et l'amour n'est-il pas plus fort que tout ?

— Oui, mon oncle, vous avez raison ! affirma la sirène, plus convaincue que jamais. Je l'aime et il m'aime !

— Une dernière chose, dit le sorcier : tu as la plus belle âme du royaume, et il me la faut. Le meilleur de toi, je dois le prendre pour préparer mon précieux breuvage.

— Si tu prends mon âme, je ne pourrai pas séduire le prince, objecta la petite sirène.

— Ta beauté suffira à le séduire, la rassura son oncle. Allons, Talia, ne te laisse pas arrêter pour si peu. Qu'est-ce qu'une âme devant l'amour d'une vie ? Allez, promets-moi ton âme. Ensuite, je te donnerai à boire le philtre qui fera de toi un être humain.

La jeune Talia acquiesça, non sans hésitation cette fois. Le sorcier saisit un couteau et coupa les cheveux de sa nièce. À l'intérieur de chacun d'eux se trouvait une partie de l'âme de Talia. Les cheveux et l'âme de la jeune sirène appartenaient dorénavant à son oncle.

Une fois le philtre préparé, Janos le sorcier le tendit à Talia, qui le prit avec précaution. Dans ce flacon reposait tout l'amour qu'elle éprouvait pour le prince. Elle remercia son oncle d'un signe de tête, puis quitta la grotte. Elle fit un détour par le palais de son père et lui envoya un dernier baiser. *Adieu, père si bon*, songea-t-elle, puis elle s'éloigna, le cœur brisé, du monde qui l'avait vue naître.

Talia traversa les abîmes et remonta à la surface, certaine qu'une meilleure vie l'attendait là-haut. Le jour venait à peine de se lever lorsqu'elle arriva au palais du prince. Ce fut seulement une fois échouée sur la plage que la sirène but la mixture amère de son oncle sorcier. Elle ressentit une atroce douleur, puis s'évanouit sur le sable chaud. Elle avait l'air d'une morte.

Elle revint à elle quelques minutes plus tard. Le jeune prince et ses sept paladins se tenaient devant elle. Les yeux du prince étaient fixés sur elle. Intimidée, Talia baissa les siens et constata que sa queue de poisson avait disparu, remplacée par deux jolies jambes.

Le prince lui demanda son nom, et voulut savoir comment elle était arrivée là.

— Mon nom est...

Talia avait oublié son nom. Elle avait oublié qui elle était. Elle se souvenait que son père était le roi des mers et que son oncle était sorcier, mais ne conservait aucun souvenir de sa propre identité, de sa personnalité.

Voyant son désarroi, le prince la prit par la main et la conduisit au palais. Sa main dans celle du prince, Talia monta les marches de marbre avec tant de grâce que les paladins s'émerveillèrent devant tant de beauté.

Le prince ordonna qu'on la vêtît des robes les plus magnifiques. De toutes les jeunes femmes, elle était la plus belle, mais elle demeurait muette, incapable de manifester le moindre désir, d'exprimer la moindre passion. Elle était sans âme.

Le prince l'appelait sa beauté trouvée. De jour en jour, Talia devint sa préférée.

— Ne m'aimes-tu pas mieux que toutes les autres ? lui demandait Talia quand il la prenait dans ses bras et posait un baiser sur son joli front.

— Tu es ma préférée, répondait le prince, car ton cœur est pur. Tu ressembles à une jeune fille dont j'ai rêvé une fois, mais qui n'existe sans doute pas. J'étais inconscient sur une plage, près d'un temple desservi par les paladins, après que mon vaisseau eut fait naufrage...

Cette jeune fille, si elle existe, ne connaît pas sa chance ! pensa Talia, qui ne se souvenait plus d'avoir sauvé le prince. Cette jeune fille à laquelle il rêvait, c'était elle.

La sirène poussa un profond soupir. Elle était triste, mais ne pouvait pas pleurer.

Un jour, Talia entendit une rumeur selon laquelle le jeune prince allait se marier avec la fille du souverain du royaume voisin.

— Il faut que je me rende là-bas, et tu viens avec moi, l'informa le prince. Je dois voir cette princesse et lui faire passer le test du petit pois. Mes parents l'exigent. Je suis prêt à leur obéir en cette matière, mais ils ne m'obligeront pas à la ramener ici et à en faire mon épouse. Je ne l'aime pas d'amour. Si un jour j'ai à choisir une épouse, ce sera toi, ma beauté trouvée.

Et le prince l'embrassa alors sur les lèvres, joua avec ses cheveux courts et posa sa tête sur le cœur de Talia, qui se mit à rêver de bonheur.

Soixante-six jours plus tard, le navire du prince accosta dans le port du royaume voisin. La fille du roi, que le prince devait épouser, ne se montra pas avant plusieurs heures. Lorsqu'elle arriva enfin, Talia fut la première déçue : la jeune fille était d'une rare beauté. Même les sept paladins du prince ne pouvaient détacher leur regard de la princesse.

— C'est toi ! s'écria le prince en apercevant la jeune fille, je te retrouve, toi !

Il courut vers sa future fiancée rougissante et la souleva dans ses bras.

— C'est elle ! dit le prince à la jeune sirène. La jeune fille de mes rêves. Elle existe réellement ! Toi, beauté trouvée, qui m'aimes plus que tous les autres, tu te réjouis de mon bonheur, n'est-ce pas ?

Talia sentit alors son cœur se briser. Elle sut dès cet instant qu'elle allait mourir de chagrin.

Les paladins s'empressèrent de proclamer les fiançailles du prince avec la fille du souverain du royaume voisin. Les cloches des églises sonnèrent pendant plus de six jours, jusqu'au mariage.

Le jour de la cérémonie, Talia tint le long voile de la mariée. Elle n'entendit pas la musique des festivités. Elle était si triste que le prince en ait choisi une autre. Après la noce, tous s'embarquèrent sur le navire qui reprit la mer pour ramener les époux au palais du prince.

Alors que tout était calme et silencieux sur le navire, Talia s'appuya au bastingage et chercha à percevoir, à l'orient, le premier rayon de soleil. Soudain, elle vit son père, pâle et inquiet, apparaître sur les flots.

— Ton oncle, le sorcier, a vendu ton âme à cette princesse, dit Fulop, le roi des mers. Le prince est tombé amoureux d'elle pour cette seule raison. C'est toi qu'il a vue en elle ! Voici un couteau magique, ajouta-t-il en lui tendant l'arme. Il est aiguisé comme une dent de squale. Il faut que tu plonges sa lame empoisonnée dans le cœur du prince, avant que le soleil se lève. Son sang tombera alors sur tes pieds, et tu redeviendras une sirène.

— Père, je n'ai aucun souvenir... Je ne sais plus qui je suis. La seule chose dont je suis certaine, c'est que j'aime le prince.

— Talia, écoute-moi ! L'un de vous deux doit mourir avant l'aurore. Tue le prince et reviens-moi ! Hâte-toi ! Ne vois-tu pas cette traînée rose à l'horizon ? Si tu ne fais rien, dans quelques minutes le soleil se lèvera et tu mourras !

Un soupir de désespoir monta de la poitrine du roi des mers avant qu'il ne retourne au fond des océans. Talia resta là un moment à fixer les vagues, puis se décida enfin à visiter la chambre du prince et de sa jeune épouse. La princesse qui lui avait ravi son âme dormait, la tête appuyée contre l'épaule du jeune prince. Talia s'approcha d'eux, se pencha et posa un baiser sur le front du jeune homme. Elle ressortit ensuite de la chambre, le couteau magique à la main.

Talia observa le ciel, qui était envahi par l'aurore, puis posa les yeux sur le poignard. Elle entendit soudain une voix qui venait de la chambre. C'était le prince. Dans son sommeil, le jeune homme murmurait le nom de Talia, et non celui de son épouse, la princesse. Le couteau trembla alors dans la main de la sirène. Elle eut envie de le lancer au loin, dans les flots, mais se retint au dernier moment.

Talia, tu as de tout cœur cherché le bien, se dit-elle. *Tu as souffert et supporté de souffrir, tu t'es haussée jusqu'au monde des humains et tu en as payé le prix.*

La jeune sirène retourna alors dans la chambre des épousés et contempla le prince en silence, avant de planter la lame empoisonnée du couteau dans le cœur de la princesse. Cette dernière mourut sur le coup.

Dès qu'elle fut ressortie de la chambre, Talia leva ses bras tachés de sang vers le soleil. Pour la première fois de sa vie, des larmes montèrent à ses yeux.

La production du titre *Soixante-six, Les larmes de la sirène* sur 4 637 lb de papier Enviro 100 Antique 100M plutôt que sur du papier vierge aide l'environnement des façons suivantes :

Arbres sauvés : 39
Évite la production de déchets solides de 1 136 kg
Réduit la quantité d'eau utilisée de 107 467 L
Réduit les émissions atmosphériques de 2 495 kg

C'est l'équivalent de :

Arbre(s) : 0,8 terrain(s) de football américain
Eau : douche de 5 jour(s)
Émissions atmosphériques : émissions de 0,5 voiture(s) par année

Transcontinental
IMPRESSION
IMPRIMERIE GAGNÉ